우리가 다른 삶에서 배울 수 있다면

우리가
다른 삶에서
배울 수 있다면

무용가 홍신자,
한국학자 사세 ^{Sasse}가 말하고
소설가 김혜나가 쓰다

판미동

이 책은 2013년, 무용가 홍신자, 한국학자 사세,
소설가 김혜나가 인도 오로빌을 함께 여행하며 나눈
생각과 대화를 담고 있습니다.
서로 다른 길을 걸어온 세 사람이,
오로빌이라는 특별한 공간에서 만나
삶과 명상, 관계와 자연에 대해 나눈 이야기들을
한 권의 에세이로 엮었습니다.

출간되기까지 10년이 넘는 시간이 흘렀습니다.
삶의 여정 속에서 미뤄졌던 이 책은 오랜 기다림 끝에
수정과 보완을 거쳐 독자들에게 선보이게 되었습니다.
이 책에 담긴 각기 다른 삶의 이야기 속에서
자신의 삶을 비추는 또 다른 빛을 발견하기를 바랍니다.

우리의 삶 자체가 꿈이다

혜나에게

안녕, 혜나!

잘 지내고 있나요?

이곳 오로빌은 혜나가 떠난 뒤

점점 더워지고 있어요.

한국은 지금쯤 한창 꽃 피는 봄일 텐데

이곳은 무더운 폭염이 지속되는 한여름 날씨랍니다.

동봉한 것은 히말라야 소금과

스리 오로빈도 아쉬람에서 구입한 향이에요.

혜나가 떠날 때 선물로 주려던 것인데,

소금이 제법 무게가 있어

공연히 짐이 될까 싶더라고요.

그래서 이렇게 우편으로 보내요.

인도에서는 쉽게 구할 수 있는 것이니

부담 가지지 말고 기쁘게 받아 주면 좋겠어요.

혜나와 함께 걷던 오로빌 숲길을 오늘은 홀로 걸었어요.

푸르른 나무들 사이로 자전거를 끌며 걸어갈 때면

나도 가끔 꿈속에 들어와 살고 있는 것 같은 느낌이 들어요.

어쩌면 이 삶 자체가 모두 다 꿈일지도 모르죠.

사람들은 매우 아름다운 순간 속에 있을 때

흔히들 '꿈만 같다'라는 이야기를 하잖아요.

하지만 꿈이란 것이 모두 좋고

행복한 순간만은 아니라는 사실을

최근 들어 어렴풋이나마 깨닫곤 해요.

때로는 무섭고, 두렵고,

도망치고 싶은 어두운 꿈들도 분명히 있으니까요.

이것을 언제나 기억했으면 좋겠어요.

꿈만 같은 순간을 늘 바라고 있지만,

실은 우리의 삶,

그것이 바로 꿈 그 자체에 지나지 않는다는 사실을요.

그러니 달리는 버스 안에서까지

달리지는 말아요, 우리.

가끔은 그저 흘러가는 대로,

내 몸을 자연스레 움직여 보는 게 좋은 것 같아요.

혜나, 올 한 해 부디

풍성한 수확 거두는 시기가 되길 빌어요.

그동안 오로빌에서 충전한 에너지로

매일 매 순간을 행복하게 지내길 빌면서,

이만 줄입니다.

오로빌에서,

From. A

A가 보내온 상자 속에서

히말라야 소금을 꺼내어 포장을 뜯었다.

분홍 빛깔의 소금을 손가락으로 찍어

혓바닥에 대 보니 입안 가득 단침이 돌았다.

침을 꿀꺽 삼키고 상자 안의 향도 꺼내어 보았다.

책상 서랍 속에 넣어 두었던 향대를 꺼내어 향을 꽂았다.

그리고 불을 붙였다.

향 끝에 붙은 불꽃이 사그라지며 한 줄기 연기가 피어올랐다.

점과 같은 불씨가 향을 타고 내려갔다.

이내 방 안을 가득 채우는 플루메리아 꽃향기……

방 안은 어느덧 플루메리아 꽃나무로 가득 찼다.

짙은 초록빛 이파리 사이에서 피어나는

맑은 태양과도 같은 플루메리아를

오래도록 들여다보았다.

아름다운 꽃나무가 끝없이 드리워진 이 공간을 걸어간 적이
있었다.

온통 초록으로 우거진 숲속에 흰빛과 황금빛,

그리고 분홍의 꽃들이 쉬지 않고 피어나는 곳.

그 숲에 있을 때면 나는 나를 다 잊어버릴 수 있었다.

내가 숲 안에,

그리고 숲이 내 안에 있던 바로 그 순간······.

차례

배가 항구에 정박 중일 때는
아무런 위험이 없다

첸나이로 향하는 비행기에 몸을 실었다. 낯선 이국의 상공, 정확하게 어디쯤인지는 알 수 없는 곳. 잠시 고개를 돌려 창밖을 내다보았다. 깜깜한 어둠밖에 보이는 것이 없었다. 그만 담요를 꺼내어 몸에 덮은 뒤 좌석 등받이를 젖혔다. 온통 희미한 빛 속에 잠겨 있는 실내. 주변 좌석에 앉은 사람들도 하나같이 눈을 꾹 감고 깊이 잠들어 있었다.

어제 인천 공항에 도착한 시간은 밤 10시였다. 늦은 시간이라 그런지 공항 내 청사에는 사람이 별로 없었다. 나는 무용가 홍신자 선생님과 한국학자 베르너 사세 선생님을 만나기 위해 인도로 향하는 길이었다.

나로서는 꽤 오래도록 꿈꿔 온 인도행이었다. 그러나 정작 한국을 떠나던 순간에는 아무런 기대도 설렘도 가질 수 없었다. 별다른 준비랄 것도 하지 못하고 원고 마감에 쫓겨 출국 일자까지 잊고 지내던 까닭이었다. 그러다 떠나는 날 오전이 되어서야 항공권 날짜를 확인하고 부랴부랴 짐을 싼 뒤 급한 원고를 마무리 짓고 공항으로 내달렸다.

불안하지 않은 출발은 있을 수 없다. 앞으로 어떤 일이 벌어질지 모르는 막막함이 주는 두려움……. 모든 출발은 지독히 불안하고, 그래서 더욱 매혹적이었다.

지금 만나러 가는 홍신자 선생님과 사세 선생님은 '출발'로 점철된 삶의 산증인이나 다름없었다. 우선 이십 대 초반의 나이에 뉴욕으로 떠나던 홍신자 선생님은 당시 얼마나 긴장을 했던지 며칠 동안 심하게 아프기까지 했고, 간신히 적응을 하고 나서야 무용이라는 세계로 발을 내디뎠다. 8년 동안의 무용 수업 끝에 삼십 대 중반이라는 나이에 실험적인 작품 「제례」를 무대에 올렸고, 커다란 명성을 얻었다. 그러나 그것도 잠시……, 그는 모든 것을 버리고 인도로 떠나 오쇼 라즈니쉬를 만났다. 이후 한국으로 돌아와 결혼을 하고 엄마로서의 삶을 시작한 홍신자. 7년 동안의 결혼 생활을 마친 후 베르너 사세라는 동반자를 만나 새로운 삶을 이어 나가기까지 그의 삶은 매 순간 '불안한 시작'이었다. 칠순을 훌쩍 넘긴 지금까지도 그 불안한 시작은 계속되고 있었다.

제2차 세계대전 중에 태어나 독일 문화를 배경으로 살아온 독일인 베르너 사세의 여정 역시 불안하게 시작되었다. 1966년, 유럽에서는 미지의 땅과 같았던 한국으로 그는 떠나오게 되었다. 오늘날과 달리 한국 문화를 소개한 책조차 전무하던 시절이었다. 그 당시 그의 장인이 그의 가족에게 전라도 나주로 가서 기술 중학교와 고등학교 설립을 돕자고 제안했고, 그렇게 그의 인생에 전혀 예상하지 않았던 한국이라는 나라로 떠나왔다. 아무 준비 없이 불안하게 시작한 한국 생활. 그는 전라도 나주에서 2년, 그리고 또 서울에서 2년을 보내며 비로소 한국 문화와 조우해 나갔다.

그에 비하면 지금까지의 나는 어린아이의 삶 정도에 불과했다. 그렇지만 나 역시 그들과 마찬가지로 새로운 출발과 시작이 주는 두려움에도 불구하고 늘 어디론가 떠나고 싶었다. 하지만 나는 그 '어디론가'가 정확히 어디인지 알 수 없었다. 어쩌면 나는 새로운 세계를 찾아 떠나려는 것이 아니라 그저 지금의 현실로부터 도망치고만 싶은지도 몰랐다. 그래서인지 내가 속한 현실로부터 벗어나기를 간절히 갈망하고 있으면서도, 정작 인도에 갈 기회가 다가왔을 때는 그리 달갑게 받아들일 수만은 없었다.

삶에는 반드시 부서졌으면 하는 것과 절대로 부서지지 말았으면 하는 것이 공존한다. 나는 사람들이 이야기하는 '나'라는 사람에 대해서 떠올려 보았다. 지금이야 소설가라는, 남들 앞에 내세울 만한 간판을 버젓이 달고 있기에 어떤 이들은 이런 내 삶을 특별하게 바라보기도 한다. 그러나 '나'라는 사람의 겉으로 드러난 면과, 안으로 감춰진 면은 제대로 일치하지 않았다. 빛깔 좋은 과실의 안쪽 면을 잘라 보면 의외로 비루할 때가 많은 것처럼 나 또한 그랬다. 때문에 나는 언제든, 어디로든 자꾸만 도망치고 싶었다. 소설가라는 명함에 걸맞는 사람이 되고 싶었다. 내가 '그런 사람이 되고 싶다.'고 열망한 까닭은 실제의 '나'가 전혀 그런 사람이지 못해서였다. 그래서 내 삶은 행복하지 못했다. 겉으로 드러난 모습과 실제의 모습이 다르다는 것, 그리고 그 다름과 차이를 부끄러워하고 있다는 것 때문에 그것을 숨기

기 위해 무던히도 애를 쓰느라 삶이 늘 힘들고 버거웠다. 뛰어넘고 싶은 것은 내가 가진 외피와 내피의 차이가 아니라, 그 차이를 부끄러워하고 숨기고 싶어 하는 내 모습, '나'라는 사람 그 자체였다. 자신과 다른 사람들에게 진실하지 못한 '나'를 견딜 수가 없었다. 이러한 '나'가 제발 부서지기를, 모두 부서져 하나도 남아 있지 않기를 간절히 바랐다. 하지만 그와 동시에 '나'라는 존재가 부서지는 것이, 무너지는 것이, 망가지는 것이 너무나 두려웠다. 이제까지 내가 지켜 온 것, 일으켜 세워 온 것들이 한꺼번에 무너질까 봐 겁이 났다. 그래서 나는 늘 어디론가 떠나고 싶어 하면서 어디로도 떠나지 못하는 불안한 삶의 한가운데 놓여 있었다.

> 배가 항구에 정박 중일 때는 아무런 위험이 없다.
> 하지만 배는 그러라고 있는 것이 아니다.
>
> — 홍신자, 『자유를 위한 변명』

비행기 좌석에 깊숙이 묻어 두었던 몸을 일으켜 세웠다. 천장으로 손을 뻗어 머리 위 간이 조명등을 켰다. 그리고 앞좌석 등받이에 끼워 둔 책을 꺼내어 펼쳤다. '홍신자 지음'이라고 쓰여 있는 산문집 『자유를 위한 변명』의 첫 장, 외따로 떨어진 섬처럼 깊게 박힌 두 개의 문장을 손으로 가만히 쓸어 보았다. 머리가

아닌 가슴으로 먼저 읽히는 문장. 어떤 생각을 해 보기도 전에
심장이 마구 울려서 더 이상 아무런 생각도 할 수가 없는 문장.
마치 내 앞에 나타나기를 기다리기라도 했던 것처럼, 예고된 운
명처럼, 내 앞에 나타나 나를 모두 뒤흔들어 놓는 문장……

"기억하라.
 네가 신을 찾는 것처럼,
 신 또한 너를 찾고 있다."

다른 공간이 아니라
다른 시간이 존재하는 곳

첸나이 공항에 도착해 드디어 비행기에서 내렸다. 어젯밤 10시에 서울을 떠나 인천 공항에서 0시 20분 비행기를 타고 싱가포르 공항으로 향했던 터. 동이 틀 무렵 싱가포르에 도착해 네 시간을 기다렸다가 첸나이행 비행기로 갈아타 내내 자다 깨다 하다 보니, 몇 날 며칠을 비행기와 공항 안에서만 보낸 것 같은 느낌이 들었다.

문득 지금의 나와 비슷한 나이에 미국으로 떠났던 홍신자 선생님과 사세 선생님의 모습을 머릿속에 그려 보게 되었다. 우선 홍신자 선생님이 미국으로 떠날 당시만 해도 한국에서 미국으로 바로 갈 수 있는 직항이 없었다. 그는 일본에서 하루를 묵은 뒤 비행기를 갈아타고 호놀룰루로 갔다. 그곳에서 다시 비행기를 타고 그는 미국으로 향했다. 그렇게 꼬박 2박 3일간의 여정을 거쳐 미국으로 가는 사람의 심정은 어떠했을까. 낯선 나라에서 펼쳐질 미지의 시간에 대한 기대와 설렘으로 가득 찼을까, 아니면 불안과 두려움으로 차올랐을까.

사세 선생님이 한국으로 떠나온 첫 출발의 여정 또한 길고도 험난하기 그지없었다. 1966년에 독일에서 한국까지 직항이 있을 리 만무했다. 그래서 그는 독일 하노버에서 루프트한자 비행기를 타고 스위스 바젤로 갔다. 그곳에서 박정희 정권 시절 파독 간호사를 태워 보냈다는 발에어Balair를 타고 아테네, 뉴델리, 콜롬보를 거쳐 방콕에 내렸다. 방콕에 있는 호텔에서 하룻밤 머물기 전 그는 생에 처음으로 동양의 도시를 거닐었다. 그러고 다음 날 홍콩으로 갔다가 김포로 도착했다고 한다.

생에 첫 비행기 여행으로 수많은 국가의 도시를 거치며 대한민국으로 향하던 사세 선생님의 모습을 상상해 보았다. 담대했을까? 아니면 설레었을까?

천천히 입국 수속을 밟으며 나는 그 심정을 머릿속에 그려 보았다. 그래서일까. 떠나기 전에는 힘겹고 숨 가쁜 일상의 연속이라 몸과 마음이 연일 무겁고 피로했는데, 막상 인도에 도착하니 조금씩 가벼워지는 나를 발견할 수 있었다.

공항 밖으로 나오자 뜨겁고도 강렬한 햇빛이 한가득 쏟아져 내렸다. 두꺼운 타이츠에 검은색 코트 차림이 불편했으나 공항 앞에서 만나기로 약속한 오로빌 택시 기사에게 검은색 코트 차림으로 간다고 미리 말해 둔 까닭에 벗을 수도 없는 상황이었다. 공항 카트에 배낭과 캐리어를 싣고 입국자를 기다리는 대열로 걸어 나가자 누군가 'KIM HENA'라고 쓰인 플래카드를 들고 서 있는 게 보였다. 그와 인사를 나누고 택시를 향해 걸으며, 그제야 처음 만난 이 도시의 풍경을 살펴보았다. 공항에 도착해 바라본 인도는 '따뜻한 남국'의 이미지 그대로였다. 그것은 태국의 돈 무앙 공항과 한국의 제주 공항에서 받은 인상과 다소 비슷했다. 그러나 태국의 습기, 제주의 바람과는 다르게 인도는 굉장한 건기乾氣를 머금고 있었다.

주차장에 도착해 짐을 모두 택시의 트렁크 속에 싣고 뒷좌석에 올라탔다. 첸나이 공항에서 오로빌까지는 차로 약 세 시간 거리였다. 택시 기사가 나에게 한숨 푹 자 두라고 이야기했지만, 차창 밖으로 이어지는 이국의 풍경에 사로잡혀 도무지 잠을 잘 수 없었다. 도로고 인도고 할 것 없이 유유자적한 태도로 걷는 소 떼, 짧은 바지에 맨발 혹은 발가락 슬리퍼 차림으로 길을 걷는 사람들, 빨강, 노랑, 분홍, 초록 등 형형색색의 사리를 입고 꽃과 금으로 장식된 액세서리를 잔뜩 두른 채 지나가는 아름다운 여인들. 그리고 종횡무진 거리를 누비는 오토바이들 또한 내내 시선을 사로잡았다. 오토바이와 택시가 부딪칠 뻔한 순간도 여러 번, 그럴 때마다 깜짝 놀라는 나에게 택시 기사는 절대로 사고가 나지 않을 테니 걱정하지 말라고 했다.

꼭 택시 기사의 말 때문은 아니지만, 이곳에 도착하고 난 뒤부터 어쩐지 걱정이 싹 사라지는 듯했다. 이곳은 정해진 차선과 신호, 횡단보도 따위가 있지도 않았으나, 그럼에도 불구하고 묘하게 뒤엉킨 나름의 질서가 존재하고 있었다. 사람들은 차선도 신호도 없는 도로 위에서 저마다의 길을 잘도 찾아다녔다. 사실 이토록 위험천만해 보이는 인도보다, 차선이며 신호 등의 규율이 철두철미하게 존재하는 대한민국이 교통사고율은 더 높았다. 어쩌면 너무도 엄격하게 길을 나누고 막아 버리는 차선과 신호의 체계가 사람들을 더 커다란 위험 속으로 몰아넣고 있는 것은 아닐까.

정신없는 도로 위에서 느껴지는 어떤 질서와 안정, 자유로움 속에서 나는 '시간'을 바라보았다. 그것은 내가 존재하는 시간 속에서 느껴진 것이 아니라 나의 존재와 '시간'이라는 존재가 서로 떨어져 비로소 내가 그 '시간'이라는 존재를 바라보게 되는 것이었다. 한국에서 인도로, 내가 넘어온 것은 분명 '공간'인데, 나는 이곳이 내가 살던 곳과 다른 '공간'이라는 느낌보다는 다른 '시간'이라는 인상이 더 짙었다. 머리에 커다란 함지박이나 양동이를 이고 있는 여자들, 나뭇짐을 지고 가는 남자들 그리고 차선도 없이 그저 길이라면 무조건 지나고 보는 자동차와 오토바이의 모습은 과거의 어떤 시간 속으로 나를 데려가고 있었다.

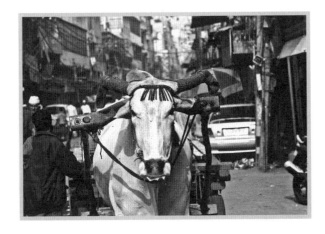

진짜 나로
존재할 수 있을까

택시로 두 시간 반 정도 달렸을까. 비행기 안에서 한두 시간씩 쪽잠을 잔 것 빼고는 하루 종일 잠을 자지 못했던 터라 무척 피곤한 상태였다. 하지만 나는 여전히 잠을 자지 못했다. 두 시간여가 지나도록 마치 내면의 고향과도 같이 느껴지는 인도의 풍경만 빠짐없이 바라보았다.

바깥의 풍경을 바라보며 앞으로 이곳에서 일어날 일들에 대한 기대를 부풀리고 있을 즈음 택시가 속도를 늦췄다. 아직 오로빌에 도착한 것 같지는 않아 주변을 돌아보니 커다란 상점 세 개가 줄지어 늘어서 있는 게 보였다. 운전석에 앉은 택시 기사가 차의 시동을 끄며 나에게 커피를 마시겠느냐고 물었다. 세

개의 건물은 아마도 인도식 휴게소쯤 되는 모양이었다.

　밖으로 나가 보니 커다란 상점의 입구에 각종 과일 주스와 차를 파는 곳이 있고, 그 안으로 과자와 음료수를 파는 매점이 있었다. 인도인들이 즐겨 먹는 간식 사모사[1]와 파코라[2]를 쌓아 둔 매대도 보였다. 배가 고프지는 않지만 인도 현지의 사모사와 마살라 티[3]의 맛이 궁금해 먹고 가기로 했다. 택시 기사 또한 사모사와 커피를 주문했다. 매점의 간이 탁자 앞에 서서 따끈한 마살라 차와 사모사를 먹으니 먼 과거의 시간으로 떠나온 듯한 아련한 감정이 밀려나고 비로소 현실에 들어선 듯한 느낌이 들었다. 분명 아까와 같은 인도에 있는데도, 더 이상 과거의 풍경 같은 건 눈에 보이지 않았다.

휴게소를 들르고 나니 첸나이 공항에서 떠나온 시간으로부터 약 세 시간이 훌쩍 지나 있었다. 이제 오로빌이 좀 가까워지지 않았을까? 그러나 오로빌, 아니 심지어 폰디체리라는 표지판조차 보이질 않았다. 그러자 슬슬 차 안에서 보내는 시간이 지루해지기 시작했다. 인도에 오긴 왔는데, 오로빌에는 대체 언제쯤 도착하는 것일까?

세상 최대 공동체 마을인 오로빌. 인도의 동남부, 벵골만이 보이는 해안선에 자리한 폰디체리시에서 북쪽으로 대략 10킬로미터 정도 지나면 나오는 조그마한 마을이다. 전 세계의 남녀노소가 국적과 정치와 종교를 초월한 공동체 생활을 지향하는 곳이며, 인도의 위대한 사상가인 스리 오로빈도 고슈와 그의 파트너 미라 알파사(통칭 마더)의 제창으로 만들어진 이상 도시. 그들이 죽은 이후에도 그 사상과 비전을 따르는 사람들이 공동체 생활을 이어 가는 곳이다. 따라서 오로빌에 거주하는 주민의 국적은 50개국이 넘는다. 오로빌이 왠지 인도와는 다른 영역처럼 느껴지는 이유가 이 때문일까?

한국에서 오로빌에 대한 이야기를 처음 들었을 때, 그곳 주민들이 영적 공동체로서 생활을 이어 가고 있다는 사실에 나는 얼마간의 반감을 느꼈다. 나 또한 어느 누구보다도 강렬하게 존재의 안으로 깊이 나아가고 싶지만, 그것을 여러 사람들과 함께 이루고 싶은 마음은 없었다. 살아생전의 예수 또한 신앙의 이름 아래 무리지어 다니는 이들을 경계했던 터. 외부로 드러나는 '나'를 모두 지우고 내면의 진정한 구원을 찾아가고자 하는 몸 짓에 공동체의 생활은 아무래도 적합하지 않다고 여겨졌다.

그런데 이상하게도 오로빌은 독특한 기운으로 나를 끌어당 겼다. 이곳은 나와 맞지 않다고 생각하면 할수록 나는 점점 더 그곳에 끌려들어 갔다. 무엇보다도 거대한 숲을 중심으로 자연 을 보존하며 살아간다는 점, 물질을 최상의 가치로 여기며 돈이 면 뭐든 다 할 수 있다는 자본주의식 경제 활동을 되도록 지양 한다는 점, 대부분의 주민들이 다양한 문화 예술을 공유하고 명 상 수련을 하며 일, 여가, 식생활 등의 삶을 하나로 통합하여 인 식한다는 점 등이 나로 하여금 오로빌에 대한 강렬한 흥미와 호

오로빌로 가는 길

기심을 불러일으켰다.

그곳에는 어떤 사람들이 어떠한 모습으로 살아가고 있을까? 어떤 음식을 먹으며 어떠한 모습으로 요가를 할까? 그곳으로 가면, 나는 그토록이나 버리고 싶던 자아를 모두 부수고 진짜 '나'로 존재할 수 있을까?

택시는 어느덧 붉은색 흙길을 달려 나가고 있었다. 학교 수업을 파한 나이 어린 학생들이 책가방을 멘 채 줄을 지어 걸어가는 모습, 화려한 사리를 입은 여인들이 머리 위에 나뭇짐을 이고 내가 탄 택시와 반대 방향으로 걷는 모습들을 보며 나는 비로소 오로빌의 초입에 다다랐음을 알았다.

우리는 어떠한 형태로
존재하고 있을까

"내가 작업을 통해 하고자 하는 것은 개인의 취향을
극복하고 그 너머로 가려는 것이다."

— 헬무트(건축가)

내가 머물기로 한 게스트하우스의 대문 앞에 택시가 멈춰 섰다. 그러자 대문 안에서 남자 한 명과 커다란 개 두 마리가 함께 밖으로 나왔다. 차에서 내려 트렁크의 문을 열자 남자가 손수 내 짐을 들어 주며 택시 기사와 인사하고 대문 안으로 걸어 들어갔다. 나는 택시 기사에게 고맙다고 인사하고 헤어진 뒤 남자를 따라갔다. 나를 빼꼼히 올려다보던 누런 개 두 마리도 내 뒤를 따랐다.

하얀 대문 안으로는 형형색색의 꽃나무들이 드리워진 아름다운 정원이 있었다. 아직 2월이었다. 한파가 몰아닥친 서울에 있다가 따뜻한 기후의 인도에 도착해 꽃나무를 마주하니 때 이른 봄을 맞이한 듯 기쁘고 반가운 마음이 밀려들었다. 드넓은 정원을 휘휘 둘러보며 남자를 따라 한참을 걸어 들어가자 숙소로 보이는 건물이 나왔다. 흰색 2층 건물이었다. 남자가 신발을 벗고 건물 안으로 들어가기에 나도 따라 신발을 벗고 안으로 들어갔다.

그는 나를 2층에 있는 방으로 안내했다. 남자는 나를 방 안 이곳저곳으로 이끌며 화장실, 전기 스위치, 선풍기, 온수와 냉수 사용법 등을 알려 주었다. 게스트하우스라고는 하지만 제법 큰 규모와 시설을 갖춘 곳이라 어쩐지 호텔과 같은 느낌도 들었다.

오로빌은 130여 개의 다양한 커뮤니티로 이루어져 있고, 도로와 자전거 길, 수도, 전기, 전화선 등 도시 형성을 대비한 기본적인 기간 시설망을 각 커뮤니티로 연결하고 있다. 오로빌 건설이 시작된 1968년은 유럽과 미주 일대에 히피즘이 만연한 시기였고, 전무후무한 인류사적 실험에 참여하기 위해 다양한 분야의 전문가들이 오로빌로 합류하기 시작했다. 특히 건축가들에게 오로빌이라는 공동체는 자기만의 건축적 실험을 펼칠 수 있는 장이 되었다. 현재에도 오로빌리언인 건축가들에게 배움을 얻기 위해 꿈과 신념을 가진 건축학도들이 찾아들 만큼 독특하고 빼어난 건축물이 곳곳에 산재해 있었다. 잘 팔리는 집이나 도시 계획에 적합한 건물을 짓는 곳이 아닌, 건축물 속에 자신만의 이미지를 담아 표현할 수 있는 곳이라는 사실에 가슴이 뛰었다.

오로빌은 출범한 첫해부터 실험적인 건축마을로 알려졌다.
달 표면과도 같은 배경 위에 우후죽순처럼 솟아나는
우주개척 시대의 건축물은 많은 사람으로 하여금 이곳에
또 하나의 브라질리아가 건설되는 것이 아닌가 하고
생각하게 만들었다.
……

현재는 다양한 건축철학과 접근방식을 가진 많은 건축가가 이곳에 둥지를 틀고 있다. 어떤 이들은 고객의 요구를 존중하고 어떤 이들은 건축미를 신처럼 숭배한다. 어떤 이들은 기능성을 강조하고 어떤 이들은 표현성을 강조하며, 어떤 이들은 토착 건축물에 영향을 받고 또 어떤 이들은 새로운 자재와 형태를 실험한다.

— 오로빌 투데이, 『웰컴투 오로빌』

내가 방을 돌아본 뒤 남자에게 전화기는 어디 있냐고 묻자 1층에 한 대뿐이라는 대답이 돌아왔다. 그것은 이곳의 투숙객이라면 누구나 사용할 수 있는 공용 전화기였다. 나는 그것 말고, 객실 전화기가 따로 있지 않느냐고 물었다. 무언가 필요할 때 당신에게 전화를 걸 수 있는 전화기를 말하는 것이라고 말하자 그는 씩 웃으며 그냥 아무 곳에서나 '무르간'이라고 소리치면 된다고 했다. "무르간?" 하고 내가 되묻자, 그는 "Yes, You can call anywhere, anytime."이라고 말한 뒤 방 밖으로 나갔다.

그가 1층으로 내려가자 창밖의 정원에서 누군가 "무르간, 무르간." 하고 부르는 소리가 들렸다. 아, 무르간은 그의 이름이었구나. 아마도 그는 호텔의 도어맨, 벨합, 룸서비스 등의 역할을 모두 담당하는 듯한 사람 같았다. 한국에서는 어떤 불특정의 도어맨을 전화 한 통으로 부를 수 있는 것과 달리 이곳에서는 '무르간'이라는 그의 이름을 불러 직접 도움을 받을 수 있다는 것에 그의 이름이 든든하게 느껴졌다. 그의 이름은 사람들과 소통하고 도움을 줄 수 있는 작은 통로의 역할로 다가왔다.

문득 이곳 인도의 게스트하우스에서 객실 콜 서비스를 찾은 나 자신이 조금 우습게 느껴졌다. 이곳에 도착해 마주하게 된 사소한 현상들이 내 안에 얼마나 많은 물질의 때가 묻어 있는지 돌아보게 만드는 까닭이었다. 그것은 물질의 바닷속에 몸담고 있을 적에는 도무지 알아차릴 수 없었다. 그 바다를 벗어나 바깥으로 나오니 내가 몸담고 있던 곳이 어떤 곳이었는지, 그 안에서 내가 어떠한 형태로 존재하고 있는지 비로소 드러나 보였다.

"오로빌은 초의식적인 세계Supramental reality의 지상 출현을
앞당기기 위한 곳이다. 이 세계가 우리가 바라는 그런 곳이
아님을 깨달은 모든 이들의 도움을 환영한다. 각자는 자신이
죽음을 앞둔 낡은 세계와 함께 할 것인지, 아니면 탄생을
예비하고 있는 더 나은 새 세계를 위해 일하고자 하는지를
분명히 인식해야만 한다."

— 1972년 2월, 마더

인도에 있으면 누구나 요가를 할 수 있다는 말이 그제야 조금씩 실감나기 시작했다.

오로빌 마을에서 만난 홍신자
그리고 베르너 사세

무용가 홍신자 그리고 베르너 사세 선생님과는 인도에 들어오기 전부터 휴대전화 문자 메시지를 주고받아 온 터였다. 이미 두 달여 전부터 이곳 오로빌에서 생활해 오고 있다던 선생님들의 연락처를 수소문해 한번 찾아뵙고 싶다고 연락을 드렸다. 그러자 그들은 내가 묵고 갈 만한 숙소를 직접 구해 주었다. 그리고 인도에서 구입할 수 없는 한국의 몇몇 식재료와 물품들을 나에게 가져다 달라고 부탁했다. 특히, 말린 나물과 해조류, 장아찌, 참기름 등의 소박한 식재료를 가지고 와 줄 수 있겠느냐는 홍신자 선생님의 물음에는 오래전부터 알고 지내 온 언니와도 같은 친근함이 배어났다. 바로 그 순간, 오래도록 품어 오던 그,

무용가 홍신자에 대한 내 안의 환상이 조금 허물어졌다.

홍신자 선생님의 문자 메시지를 받기 전까지만 해도 나는 그에 대해 다소 두려움을 가지고 있었다. 언론과 그의 책을 통해 보아 온 '무용가 홍신자'는 이루 말할 수 없을 만큼 엄청난 사람으로만 보였다. 젊은 시절, 지구의 반대편으로 떠나 마음 가는 대로 세상 속에 아낌없이 자신을 내던졌던 그. 홍신자라는 인물의 삶은 새로운 것을 향한 도전적인 모험과 투쟁의 연속이었고, 더 이상 자유라는 단어가 필요없는 단단한 거목이라는 인상이 강하게 자리 잡고 있었다. 2012년 한국에서 공연한 「네 개의 벽」 인터뷰 영상 속의 그를 봤을 때도 그랬다. 기다란 눈을 부리부리하게 뜬 채 자신의 작품에 대해 설명하는 모습 속에서, 한눈에 보기에도 엄청난 기운을 가지고 있는 사람이라는 것을 명확히 알 수 있었다.

나는 기가 센 사람들을 보면 본능적으로 피하고 싶다는 인상을 먼저 느끼곤 했다. 타인과의 관계에 있어 나의 주장을 강하게 내세우고 주도해 나가기를 꺼려하는 성격 탓이었다. 줏대와 고집이 강한 사람들을 만나 그들에게 맞추다가 나도 모르는 사이 피곤과 불편을 겪게 되는 까닭이기도 했다. 그래서 나는 그를 만나는 일에 일종의 두려움을 느끼고 있었다.

하지만 내가 타게 될 비행기의 편명과 발착 시간 등은 물론 인도에 도착해 만날 장소와 시간까지 꼼꼼하게 챙기는 그의 자상한 모습 속에서 나는 편안함과 친근함을 동시에 느꼈다. 사세 선생님 또한 외국어가 아닌 한국어로 자연스럽게 대화를 나누었다. 외국인, 게다가 연세 지긋한 교수님이라는 인상만 가지고 있었는데, 한국어로 농담까지 술술 하시며 친근하게 나를 챙겨 주었다. 사세 선생님은 첸나이 공항에서 나를 픽업해 줄 택시를 예약해 놓았으니 편안하고 안전한 여행을 하라고 일러 주었다. 두 분께 '오케이, 씨 유 순.'이라는 문자 메시지를 마지막으로 받고 나자 오래 알고 지낸 친구 같은 느낌까지 들어 기분이 묘했다.

한국에서 가지고 온 짐들을 정리한 뒤 가벼운 옷으로 갈아입을 때, 누군가 똑똑 방문을 두드렸다. 옷을 마저 입은 뒤 문을 열어 보니 무르간이 서 있었다. 그는 나에게 1층으로 내려가 보라고 말했다. 아, 드디어 만나는구나. 홍신자 선생님과 베르너 사세 선생님 부부를. 설렘과 호기심으로 떨리는 가슴을 안은 채 1층으로 내려갔다.

두 분은 1층 응접실 소파 위에 편안한 차림으로 앉아 있었다. 내가 다가가 인사드리자 홍신자 선생님은 자리에서 일어나 두 팔을 크게 벌린 뒤 나를 안아 주었다. 그리고 오로빌에 온 것을 환영한다고 말했다. 베르너 사세 선생님은 우리의 모습을 한 발짝 뒤에서 바라보며 가만히 미소 지었다. 나는 홍신자 선생님과 포옹을 풀고 사세 선생님을 향해서도 꾸벅 인사했다.

사세 선생님은 멋진 수염과 중절모가 잘 어울리는 벽안의 선비 같았다. 그는 젊은 시절 한국에서의 소중한 기억을 가지고 한국학 공부를 시작했고, 그것이 그의 인생을 바꾸었다고 했다. 당시 독일에서는 일본학과 중국학은 가르쳤지만 한국학을 가르치는 대학은 없었다. 그래서 1970년 보훔대학과 함부르크대학에서 한국학을 가르치며 한국학과를 개설하기까지 했다. 현재는 두 대학에서 총 100여 명 정도가 한국학을 공부하고 있고, 그들 모두가 다 사세 선생님의 후예들이다. 이후 그는 함부르크대학에서 정년퇴직한 뒤 한국으로 돌아와 2010년까지 한양대에서 한국 문화를 가르쳤다. 그리고 한국무용의 한 획을 그은 홍신자 선생님과 운명적으로 만나 2010년 제주도에서 결혼식을 올렸다.

응접실 소파에 앉자 사세 선생님께서 미리 준비해 온 듯한 꾸러미를 내 앞에 내밀었다. 그 안에 모기 퇴치제와 벌레 물린 데 바르는 약, 샴푸, 비누, 칫솔, 치약, 지도 등이 들어 있었다. 내가 인도에서 지내는 동안 필요한 것들을 챙겨 오신 모양이었다. 세심하고도 듬직한 사세 선생님의 성향이 묻어나는 선물이었다. 감사한 마음과 함께 든든한 마음이 한가득 밀려들었다.

우리는 차를 마시며 앞으로의 일정에 대해 이야기를 나누었다. 그리고 이야기가 마무리되어 갈 즈음 내 방을 한번 보기 위해 다 함께 2층으로 올라갔다. 방의 상태를 확인한 홍신자 선생님이 나가기 전에 무언가를 침대 옆 협탁에 슬며시 내려놓았다.

"이게 뭐예요, 선생님?" 하고 묻자 "아, 그냥 내 작은 선물이에
요."라고 대답하며 가볍게 윙크했다. 그러고는 그만 가 보겠다
며 방에서 나간 뒤 문을 닫았다.

선생님이 내려놓은 물건은 시집과도 같은 자그마한 책으로
보였다. 창밖을 내다보니 그들은 이미 정원 사이로 난 길을 걸
어 대문을 빠져나가고 있었다. 그 모습을 물끄러미 바라보고 있
다가 그만 시선을 돌려 선생님이 두고 간 책을 펼쳐 보았다. 그
것은 분홍빛 꽃잎이 수놓아진 인도식 달력이었다. 직접 건네주
지 않고 방 안에 가만히 두고 가는 홍신자 선생님의 모습이라
니……! 수줍은 소녀가 내미는 러브레터라도 받은 양 가슴이 뛰
었다.

한 끼의 식사가
명상이 된다

짐을 정리한 뒤 밖으로 나가 숙소 주변 숲길을 걸었다. 한국은 영하의 혹한기를 지나 꽃샘추위가 한창 기승을 부리는 시기였다. 한데 이곳은 마냥 봄이라니. 꽃샘추위를 뚫고 막 피어난 목련을 볼 때처럼 반갑고 따스한 느낌이 밀려들었다. 꽃나무 가지 아래 서서 오래도록 꽃을 바라보다가 다시 길을 걸었다.

오로빌에서 가장 마음에 드는 부분은 바로 이 숲이었다. 콘크리트 도로와 시멘트 벽을 중심으로 간간이 가로수나 심어 놓는 게 전부인 도시와는 전혀 다른 곳. 숲을 중심으로 설계된 동화 속 마을과도 같은 이곳은 본래 나무 한 그루 심어져 있지 않던 황무지였다. 약간의 팔미라 야자나무와 관목 덤불, 그리고 나머지는 맹렬한 남인도 태양 볕에 노출된 붉은 생흙의 넓은 평원 뿐. 그런 곳에 마더와 오로빈도를 중심으로 모여든 사람들이 한 그루 한 그루 열과 성을 다해 나무를 심어 거대한 숲을 만들어왔다. 그 푸름을 바라보고 있노라면 이곳에 처음 정착했던 사람들이 나무를 심을 때 항상 기도하는 마음이었다는 것이 고스란히 느껴졌다.

그리고 나무 심기가 시작됐다. 샤마와 프레더릭은 오로빌에 정착하기 전부터 나무를 심고 있었다. 우리는 할 수 있는 대로 최대한 나무를 많이 심었다. 프랜시스가 합류했을 때 우리는 '석세스Success' 육묘장을 만들었고 더 넓은 지역에 나무를 심을 수 있었다. 그것은 단지 땅을 파고 좋은 흙과 거름을 넣고 나무를 심는 데서 그치는 일이 아니었다. 처음 1년 동안은 물을 주고 염소나 다른 가축들로부터 보호해 주어야 했다. 그런 식으로 심은 것이 지금은 2백만 그루인 것을 생각하면 경이롭기만 하다.
— 오로빌 투데이, 『웰컴투 오로빌』

나는 가볍게 발걸음을 옮겨 선생님들이 묵고 계신 숙소로 향했다. 선생님들이 계신 곳은 넓은 정원이 있는 커다란 주택 한 켠에 딸린 별채였다. 내가 묵고 있는 게스트하우스의 화려한 정원과는 또 다른 소박하고 단아한 느낌의 정원이었다. 대문을 열고 들어가자 선생님들은 번갈아 "헬로.", "굿 이브닝." 하며 인사를 건넸다.

홍신자 선생님은 손수 토마토 샐러드를 만들고 통밀빵을 구웠다. 그리고 사세 선생님을 위해서는 새우 살과 야채를 계란과 함께 구워 식탁에 올렸다. 과도한 양념이나 육류를 사용하지 않고 단순하게 만들어 내는 음식들에서 좋은 에너지가 흘러넘쳤다. 그렇게 차린 식탁에 셋이 빙 둘러 앉아 식사를 하는 시간. 별다른 이야기가 오고가지 않았지만 밥을 먹는 내내 마음이 무척 편안했다. 모두들 명상하듯 음식을 먹기 때문일까.

"두 분이서만 식사하실 때에도 대화는 잘 안 하는 편이세요?"

내가 묻자, 두 분이서 나를 물끄러미 바라보았다.

"네, 그런 편이에요." 홍신자 선생님이 말했다. "식사는 매우 중요한 것이니까요."

그러고는 이내 수저를 다시 들어 음식을 천천히 먹기 시작했다.

식사를 마친 뒤에는 사세 선생님이 자리를 정리하고 설거지를 했다. 누군가 시키거나 미리 정해 둔 것 없이 아내는 식사를 준비하고 남편은 설거지를 하는 모습. 서로에게 일을 떠넘기거나 강요하지 않고 서로에 대한 존중과 배려, 그리고 애정으로 집안일을 하는 모습이 오롯이 드러나 보였다.

"명상이라는 것이 꼭 엄숙한 분위기 속에 가만히 앉아서 진행되는 것만은 아니에요. 오히려 우리의 실생활 속에서 그 순간 혹은 대상에 온전히 집중하는 것으로 얼마든지 명상할 수가 있거든요. 그중에서도 가장 쉽고 흔하게 할 수 있는 명상이 바로 음식 명상이에요. 음식을 먹는다는 것은 자연의 에너지를 섭취하는 일이잖아요. 그 에너지는 우리의 몸 안에서 사용되었다가 다시 자연으로 돌아가고요. 이 중요한 일을 다들 너무 쉽게 여기며 살아가고 있어요. 특히나 현대인들은 식사를 하는 도중에 회의를 하거나 이동 시간 중에 급하게 식사를 해결하기도 하는데, 나는 이것이 정말 잘못된 일이라고 생각해요. 왜 식사를 하는 순간조차 온전히 집중할 수 없는지, 왜 그렇게 안 좋은 음식을 대충 섭취하며 몸 안에 독을 쌓아 가는지, 생각할수록 정말

답답한 일이 아닐 수 없어요. 식사를 한다는 것은 자연의 에너지를 온몸으로 받아들이는 중요한 일이고, 삶의 커다란 기쁨이기도 해요. 그래서 식사를 할 적에는 오로지 그 음식이 주는 기쁨과 즐거움에 집중하는 것이죠. 그래야 소화가 잘 되고 몸과 마음 모두 건강해질 수 있거든요."

홍신자 선생님의 이야기를 듣고 있는 동안 설거지를 모두 마친 사세 선생님께서 직접 우린 홍차를 가져다주었다. 나는 사세 선생님이 내미는 찻잔을 받아들고 한 모금 들이켜 보았다. 맑고도 진한 맛이 동시에 느껴졌다. 홍신자 선생님 또한 차를 한 모금 맛 본 뒤 잔을 내려놓고 나에게 물었다.

"여기서 가장 하고 싶은 게 뭐예요?"

"음…… 요가요."

나는 오랜 시간 동안 비행기와 택시 안에 몸을 구겨 넣고 있던 터라 온몸이 뻣뻣하게 굳어 있었다. 요가의 본 고장인 인도의 요가 교실이 궁금했지만 무엇보다 하루라도 빨리 단단하게 굳은 내 몸과 마음을 풀어 주고 싶었다. 또한 책을 통해서 먼저 접했던 마더의 '공동체 요가Collective Yoga'라는 개념도 궁금했다. 공동체 요가는 아쉬람이나 수도원에서 여러 사람이 한데 모인 가운데 저마다의 길을 추구하는 것을 의미하지는 않는다는 내용이었다. 그렇다면 공동체 요가란 어떠한 형태로, 어떠한 곳에서, 어떠한 사람들에게 전해지고 있는 것일까?

"그럼 내일은 요가를 하러 가요. 우리 숙소 바로 옆집에 살고 있는 할머니가 있는데, 매일 아침 요가를 하러 가거든요. 나도 그동안 그분 차를 타고서 같이 다니곤 했어요. 그러니 내일 아침 우리 집 앞에서 만나 다 함께 그 집으로 가도록 해요."

"네, 그럴게요."라고 대답하면서도 내 안에서는 '할머니?'라는 의아함이 떠올랐다. 한국에서는 주로 미용과 체중 감량을 목적으로 하는 파워 요가가 성행하는 추세라, 나이 지긋한 할머니들이 요가원에 가서 요가를 하는 모습은 찾아보기 힘들었다. 홍신자 선생님이야 무용가이니 몸을 사용하는 일이 익숙할 수 있지만, 연세 지긋한 할머니께서 매일 요가를 하러 간다니 그 모습이 왠지 생경하게 다가왔다. 꽃나무 우거진 숲길을 느긋하게 산책하는 것 정도의 여가가 어울릴 법한데 말이다.

나는 그만 자리에서 일어나 선생님들께 인사했다.

"덕분에 저녁 정말 잘 먹었습니다. 오늘은 이만 들어가고 내일 새벽에 다시 올게요. 요가 수련이 무척 기대되네요."

그러자 홍신자 선생님은 "다음에 또 식사하러 와요. 요가 하러 가는 것뿐만 아니라 우리가 먹는 것 또한 요가 수련의 일부라는 것 잊지 말고요."라고 말하며 윙크했다. 옆에 있던 사세 선생님은 빙그레 웃으며 나를 배웅해 주었다.

숙소로 돌아가는 숲길을 걷는 내내 홍신자 선생님의 말이 떠올랐다. 그동안 내가 한국에서 해 오던 요가와, 이곳 오로빌에서 행해지는 요가에는 어떤 차이가 있는 걸까? 불현듯 '차이는 모든 반복되는 것들의 차이이고, 반복은 모든 차이 나는 것들의 반복이다.'라는 들뢰즈의 철학이 떠올랐다. 한국과 오로빌에서 행해지는 요가의 '차이' 속에 보이지 않는 '반복'을 곧 마주하게 되리라는 어렴풋한 예감이 밀려들었다.

돈을 벌고
쓴다는 것의 의미

오로빌 공동체의 창시자인 스리 오로빈도 고쉬는 '인간의 전신에 숨겨져 있는 창의적인 영감의 샘을 여는 것'을 목적으로 통합 요가의 수련을 제시했다. 그와 동시에 '문명의 행진 속에서 참나眞我, Atman의 발현을 목적으로 세상에 적극적으로 참여하는 것'을 중요시 여겼다. 따라서 이곳 오로빌 주민이라면 누구나 노동을 하며 세상에 적극적으로 참여하고 있다. 그러나 어느 누구도 노동과 여가를 따로 여기지 않으며, 노동을 단순히 돈을 벌기 위한 수단으로만 삼지도 않는다. 모든 노동을 자신의 자아실현과 수련의 도구로 삼는다. 이곳에서는 누구든 매일 5시간 이상 노동하고, 그 외 시간에는 요가와 교육, 예술 등 다양한 문화를 공유하며 지낸다. 노동을 여가와 철저히 분리하고, 막상 일하느라 바빠 여가를 즐기지 못하는 많은 사람들의 현실과 비교되는 모습이었다. 오로빌 공동체 교육연구센터의 책임자 쉬로다반은 이렇게 말한다.

"오로빌은 각 나라의 사상, 종교, 과학, 문화 등이 함께 어우러진 인류 공동체의 삶을 영위할 수 있는 하나의 방향을 제시하고 있습니다. 이것이 오로빈도의 사상과 아이디어면서 바로 오로빌의 비전이라고도 할 수 있습니다. 오로빌은 미래 이상 도시, 이상 사회를 만들려고 노력하는 곳입니다. 이곳은 결코 수도원이 아닙니다. 의식의 진화를 통해 인류애로 하나 되는 사회를 만들기 위한 꿈이 서려 있는 곳입니다."

오로빌에 방문자 신분으로 머물고 있는 홍신자 선생님과 사세 선생님 또한 자기 자신과 오로빌 공동체의 발전에 기여하고자 하는 마음으로 노동에 참여하고 있었다. 그래서 사세 선생님은 오로빌 중앙에 있는 명상 공간인 마트리만디르Matrimandir[4]에서 문지기 일을, 홍신자 선생님은 PTDC[5]마켓에서 판매하는 김치 담그는 일을 했다.

"오늘은 요가 수련을 마치고 푸투스 식당으로 가서 김치 담그는 일을 하러 가야 해요. 거기서 나는 매주 수요일마다 일하고 있거든요."

나 또한 요가 수련이 끝나면 홍신자 선생님을 따라가 김치 담그는 일을 함께 하기로 했다. 우리는 숙소에서 나와 옆집에 살고 있다는 할머니를 만났다. 먼저 나와 계셨던 그분과 인사를 나누고 차에 올라탄 뒤 나무가 우거진 숲길을 지나쳐 갔다. 요가와 댄스, 아크로바틱 등의 수업과 각종 전시, 공연 등이 열리는 피탕가 센터Pitanga Centre의 요가 스튜디오로 향하는 것이었다. 할머니의 차는 전기 차라고 했는데, 일반 소형차의 3분의 1 정도밖에 되지 않는 자그마한 크기였다. 이곳에 사는 주민들에게 차나 오토바이는 그저 이동을 위한 도구일 뿐 그 외에 별다른 의미나 목적을 지니고 있지 않았다. 대부분의 사람들이 조그마한 스쿠터나 소형 오토바이를 몰고 다니고, 간혹 차를 가지고 다니는 사람들은 자기 몸이나 하나 겨우 들어갈 만한 크기의 전기 차를 타고 다녔다. 차의 순기능에 대한 생각이 새삼 밀려들었다. 대체 언제부터였을까? 거리 이동의 목적보다는 자신의 재력과 권력을 과시하기 위한 도구로서 자가용이 소비되기 시작한 것이.

이동 시간을 줄이고 일상의 편리함을 추구하기 위해 개발된 자동차는 빈부의 격차와 물질적 계급을 가르는 기준이 되어 버린 지 오래였다. 심지어 연애를 하기 위한 필수조건으로 차가 있어야 한다는 말까지 있다. 차가 있어야 어딘가 잠깐이라도 여행을 갈 수가 있고, 그래야만 누군가와 '썸씽'이 생겨난다는 것이다.

언젠가 친구의 차를 타고 서울 시내에서 이동하던 때의 일도 떠올랐다. 친구의 차는 당시 국산차 중에서 가장 크고 비싼 대형 세단이었다. 그런데 뒤에 오던 스포츠카 한 대가 신경질적으로 경적을 울리더니 우리가 탄 차를 위험하게 추월해 갔다. 그러자 운전을 하던 친구가, 많은 운전자들이 자기 차보다 급이 더 높은 차를 보면 저렇게 운전 실력을 과시하며 지나가더라고 말했다. 또 한번은 선배 작가의 소형 경차를 타고 서울 시내를 지나던 중, 앞서가던 차가 충분히 자리를 양보해 줄 수도 있는 상황인데도 우리가 탄 차를 본체만체하며 끝까지 길을 내주지 않던 일이 있었다. 그때 선배는 나에게, 자기 차가 소형 경차라서 다른 운전자들에게 이렇게 무시당하는 일이 잦다고 말했다. 쇼핑몰이나 대형 건물의 주차요원들조차 자신을 함부로 대하는 것이 다 느껴진다고. 나는 설마 그렇기야 하겠느냐고 반문했지만 선배는 내내 정말이라며 툴툴거렸다. 그래서 다들 무리를 해서라도 필요 이상의 크고 값비싼 차를 구입하거나, 충분히 더 타고 다닐 수 있는 멀쩡한 차를 놔두고도 새 차에 관심을 가지는 것인가라는 생각을 했다.

오로빌 사람들의 차와 오토바이를 보고 있으면 그런 자동차 따위로 자신의 부와 권력을 과시하는 것이 얼마나 우습고 어리석은 일인지 새삼 알아차리게 된다. 더불어 그러한 행위를 통해서만 자신의 존재를 확인해 나갈 수 있는 사람들이 안타깝게 여겨진다.

어느덧 피탕가 센터가 있는 골목에 도착해 홍신자 선생님과 나는 차에서 먼저 내렸다. 조금 걸어가 보니 '나마스테 게이트 Namaste Gate'라고 적힌 팻말이 보였다. 우리는 그 팻말이 붙은 대문을 지나 건물 입구에 신발을 벗어 두고 안으로 들어갔다. 천장이 2층까지 뚫려 있는 구조에 지붕이 유리창으로 덮여 있는 건물이었다. 그 안에서 가장 먼저 눈에 들어오는 것은 응접실 중앙에 자리한 연못이었다. 천장의 유리창을 통해 바깥의 태양빛이 내부의 연못으로 고스란히 쏟아져 들어왔다. 이곳 사람들은 건축물 속에도 자연을 담아내고 있다는 생각이 들어 나는 몹시 감탄하며 연못 안을 들여다보았다. 연꽃이 피어난 실내의 못을 보고 있자니 문득 시간이 멈춘 것만 같았다.

수련을 시작할 시간이 되자 수련실이 꽉 찰 정도로 많은 사람들이 모였다. 한국에서는 이삼십 대의 젊은 여성들 혹은 사오십 대의 어머니들이 요가를 많이 하는 편인데, 이곳에는 연령, 성별과 상관없이 다양한 사람들이 요가를 배우러 왔다. 젊은 남성들 그리고 노년의 어르신들 모습이 곳곳에서 눈에 띄었다.

요가 아사나 수련은 한 시간 반 동안 이어지는 수업이었다. 선생님의 구령과 설명에 따라 몸을 움직이며 마음의 상태에 집중해 나간 지 한 시간여 정도가 지났을까? 한참 수련을 하는 도중 홍신자 선생님께서 그만 나가 봐야 한다고 말했다.

"일하러 갈 시간이 다 돼서 가 봐야 해요. 지금 나가는 사람이 우리 말고도 또 있으니까 그 사람 차를 타고 푸투스 식당으로 가요."

선생님이 가리키는 곳을 보니 인도인으로 보이는 여자 분이 먼저 수련실 밖으로 나서는 중이었다. 그래서 우리도 서둘러 주변을 정리하고 따라 나갔다. 그녀는 주차장에 있던 자신의 오토바이를 가지고 와 우리 앞에 섰다. 하지만 둘 다 태우기는 어렵다고 하기에 홍신자 선생님의 배려로 일단 내가 먼저 오토바이 뒷좌석에 올라탔다. 처음 보는 사이인데도 선뜻 자신의 오토바이에 태워 주니 고마운 마음이 먼저 일었다. 모르는 사람하고 무언가를 함께하거나 나눈다는 것이 쉽지 않음에도 불구하고, 이곳 오로빌에서는 그런 일들이 당연하다는 듯 일어났다.

골목을 두 번 정도 돌아나가자 세 갈래로 나뉜 갈림길이 나왔다. 여자는 그곳에 오토바이를 세워 나를 내려 주고는 선생님과 만나기로 한 솔라 키친Solar Kitchen 입구를 손으로 가리켰다. 그러고서는 곧 너의 일행이 도착할 거라고 말한 뒤 인사할 새도 없이 빠르게 가 버렸다.

나는 여자가 떠나간 길과 홍신자 선생님이 오게 될 길을 번갈아 바라보며 그 자리에 가만히 서 있었다. 시간은 이제 겨우 오

전 9시였다. 한데도 마치 정오처럼 느껴지는 뜨거운 햇빛이 쏟아져 내렸다. 불볕과도 같은 태양 아래 흙길을 밟고 서 있자니 순간적으로 현기증이 일었다. 그와 동시에 이곳, 인도의 땅 위에 서 있는 현실이 갑자기 비현실적으로 느껴졌다. 여기에 이렇게 가만히 있으면, 정말로 홍신자 선생님을 만날 수 있을까? 차라리 솔라 키친 앞으로 가 있는 게 낫지 않을까? 공연히 길이 엇갈리면 어쩌지? 나는 영어를 잘 못하고, 아는 사람도 하나 없는데……. 이 모든 걱정과 불안, 두려움은 대체 어디에서 나오는 것일까?

나는 조금 침울한 기분 속으로 빠져들고 말았다. 아무래도 이 불볕 아래 가만히 서 있기만 하는 건 별로 좋지 않은 듯했다. 서서히 걸음을 옮겨 솔라 키친이 있는 건물 앞을 왔다 갔다 해 보았다. 공연히 두리번거리기까지 하면서 종종걸음을 옮기고 있을 즈음, 내가 걸어온 길 위를 달려오고 있는 오토바이가 보였다. 나는 그것이 홍신자 선생님이 타고 있는 오토바이라는 사실을 단박에 알아차렸다. 오토바이가 점점 가까워지며 젊은 남자가 운전하고 있는 모습과 뒷좌석에 앉은 홍신자 선생님의 모습이 눈에 들어왔다. 눈앞에 선생님의 모습이 나타나자 불안하던 마음은 온데간데없이 그저 반가운 마음만 떠올랐다. 선생님은 나를 오늘 처음 만나기라도 한 사람처럼 "안녕!"이라고 인사하며 반갑게 손을 흔들었다. 나 또한 서둘러 선생님 쪽으로 달려가 말했다.

"아주 멋진 청년의 차를 타고 오셨네요."

그러자 선생님은 싱긋 웃었다.

"자, 빨리 가도록 해요. 일할 시간에 늦겠어요."

나는 선생님을 따라 솔라 키친 바로 옆에 붙은 PTDC 식당으로 들어갔다. 그곳과 접해진 푸투스Pour Tous 슈퍼마켓에서는 한국식 김치를 유리병에 담아 판매하고 있었다. 안으로 들어가 그곳 사무실에 나 또한 홍신자 선생님과 함께 일하러 왔다고 이야기하고 부엌으로 향했다. 부엌에는 노년의 인도인 셰프와 젊은 한국인 여자가 먼저 와 일을 하고 있었다.

"오늘은 김치 담그는 일은 안 하고, 한국식 비빔밥과 샐러드를 만들기로 했으니 필요한 재료는 푸투스 마켓에서 가지고 오시면 체크해 둘게요."

이곳 오로빌에서 뉴커머[6]로 생활하고 있다는 한국 여자 분이 말했다. 그 말에 따라 홍신자 선생님과 나는 한국식 미역 냉채 샐러드를 만들기로 하고 슈퍼마켓에 가서 필요한 야채들을 골라 바구니에 담았다. 계산대에서는 야채를 종류별로 저울에 달아 가격을 책정했다. 그런데 이곳에서는 돈을 주고받으며 계산을 치르지 않고 PTDC의 회원이 될 때 책정한 금액의 한도 내에서 회원이 물건을 가져가는 것이었다. 그 금액은 매달 초 회원의 오로빌 은행의 계정에서 PTDC로 자동 지출된다. 그러니 구태여 현금을 손에 들고 다니지 않아도 물건을 살 수 있는 시스템이었고, 심지어는 가격도 표시되지 않아 돈에 대한 생각 자체가 별 떠오르지 않게 되어 있었다. 궁금한 사람은 별도로 준비된 물품 가격 리스트 파일을 보거나 계산대에 물어보면 되었다.

자본주의가 존재하지 않는 오로빌 마을

홍신자 선생님께서 내민 오로빌 비지터 카드 안에는 선생님이 오로빌 은행에 맡긴 금액이 들어 있고, 돈을 지불해야 할 때면 그 카드만 내밀면 되었다. 이곳에서 급여를 받고 일하는 사람들은 급여가 그대로 오로빌 은행의 계좌로 예치되고, 지출이 필요할 때면 그 계좌번호를 쓰면 되었다. 돈만 있으면 무엇이든 살 수 있는 자본주의식 물질 거래가 이곳 오로빌에는 존재하지 않았다. 내가 하고 싶은 일을 스스로 선택해서 하고, 그것이 다시 나에게 필요한 물건으로 되돌아오는 구조였다. 자본주의적인 시스템을 되도록 배제하고, 자신의 노동력을 필요로 하는 곳과 자신이 필요로 하는 물질을 서로서로 나누어 쓰는 공동체 사회의 노력과 실천이 고스란히 느껴졌다.

선생님과 나는 슈퍼마켓에서 가지고 온 야채를 들고 다시 식당으로 들어갔다. 그러고는 개수대 앞에 나란히 서서 야채를 하나씩 씻었다. 오로빌에서 살아가는 사람들은 어떠한 방식으로 집을 사거나 파는지에 대해 묻자 선생님은 오로빌에서는 집을 팔고 사는 개념은 외부 세계와 다르다고 했다. 오로빌은 인도 정부에서 준 땅에 기초하고 있고, 그 땅은 오로빌 재단의 소유로 되어 있기 때문이다. 오로빌에서 집을 소유하고 있는 사람들은 소유자가 아니라 관리자Steward로 이름한다. 집을 팔고 사는 것을 개인들이 하는 것이 아니라 하우징 서비스와 커뮤니티가 개입하여 결정한다. 그래서 집을 사는 데 내는 돈을 컨트리뷰션 Contribution, 기여금이라고 한다. 그래서 살다가 오로빌을 떠나는 경우에 이 집은 오로빌에 귀속된다.

그렇다면 이렇게 직업을 구해서 일하는 것은 어떠한 방식으로 이루어지는 것일까? 보통 일은 자신들이 원하는 직종으로 찾아 해당 장소에 가서 요청한다. 대부분 뉴커머 기간까지는 자원봉사자로 일하게 된다. 오로빌에는 마사지 테라피스트, 요가 강사, 교사, 요리사, 제빵사 등 다양한 직업이 존재한다. 재미있는 사실은 어떤 직업이든 급여에는 편차가 그리 크지 않다는 점이다. 급여는 오로빌 어카운트에 적립되고, 절반은 오로빌의 생계비용으로, 절반은 본인이 쓸 수 있는 현금으로 입금된다.

돈이 그리 크게 필요하지 않는 생활을 하고 저마다 원하는 직업을 가질 수 있다면 무언가를 생산하고 소비하는 개념이 지금 우리가 생각하는 것과는 사뭇 다를 수밖에 없으리라. 공동체

라는 '함께하는 삶'을 기본으로 한 오로빌에서의 소비와 생산은
나눔과 공유라는 개념으로 재정되는 것이 어쩌면 당연한지도
모른다. 인간으로서 살아감에 있어 반드시 뒤따르는 노동과 시
간을 어느 곳에 써야 할까? 그 우선순위를 우리는 지금까지 착
각하고 있던 게 아닐까?

슈퍼마켓에서 명상을

나는 준비한 야채를 바구니에 담아 부엌으로 가지고 갔다. 그리고 미역 냉채와 비빔밥에 쓰기 좋게끔 하나씩 채 썰어 그릇에 담아 놓았다. 오늘은 20인분 가량의 음식을 만들기로 했다. 계속되는 칼질에 어깨가 슬슬 결려 오기 시작할 즈음 칼을 잠시 내려놓고 팔을 뻗어 기지개를 켰다. 그사이 한 여자 분이 짜이를 담은 잔을 들고 다니며 모두에게 하나씩 나눠 주었다. 한국에 있는 인도 식당에서도 종종 맛을 보긴 했지만 인도 현지에서 마주한 짜이의 맛은 남다르게 다가오는 구석이 있었다. 찻잎을 푹 끓여 우려낸 인도식 밀크티인 짜이는 피로한 몸을 뭉근하게 풀어 주는 듯했다. 짜이를 반 정도 마신 뒤 다시 야채를 썰려고 하자 옆에서 일하고 있던 분이 나에게 차를 다 마시고 나서 다시 일하라고 말했다.

소설가가 되기 전 이십 대에 나는 주로 패스트푸드점이나 레스토랑에서 서빙을 했다. 그곳의 홀이나 주방 업무를 맡아 일을 할 때에는, 정해진 휴식 시간이 아닌 근무 시간에 음료나 차를 마시며 쉬는 시간을 가질 수 없었다. 목이 마를 때 잠깐씩 물이나 음료를 마시는 것은 허용되지만 빨리빨리 일하라고 다그치는 상사들의 눈치와 바쁜 환경 때문에 마음 편히 차 마시는 시간 같은 것은 상상조차 할 수 없었다. 하지만 이곳에서는 '돈'이나 '일'보다 '사람' 그리고 '휴식'을 더 중요하게 여기고 있다는 사실이 느껴져 공연히 울컥할 정도였다. 나는 그들의 조언에 따라 손에 쥔 식칼을 내려놓고 찻잔을 들어 차를 천천히 마셨다. 여유롭게 차를 다 마시고 난 뒤에는 싱크대로 가서 컵을 씻고 조리대로 돌아가 야채를 썰었다.

한참 야채를 썰고 다듬으며 일을 하고 있을 때 어디선가 종소리가 들렸다. 시계를 보니 오전 10시였다. 부엌에는 나를 포함해 대여섯 명 정도의 사람들이 일을 하고 있었다. 그들 중 반은 가스불 앞에서 야채를 볶거나 수프를 끓이는 중이었고, 나머지 반은 나처럼 조리대에 서서 식재료를 썰거나 다듬는 중이었다. 그런데 그들 모두가 다 하던 일을 뚝 멈췄다. 홍신자 선생님 또한 손에 쥐고 있던 칼을 내려놓고 나에게 다가와 "자, 그만하고 슈퍼로 가요."라고 말했다. 왜 갑자기 다들 슈퍼마켓으로 가는 것인지 알지 못한 나는 선생님께 "네?" 하고 되물었다. 그사이 다들 매우 자연스럽게 부엌 옆문을 통해 푸투스 마켓 안으로 들어갔다. 홍신자 선생님께서는 아무렇지도 않은 표정으로 나를 돌아보며 "명상하러 가요."라고만 귀띔해 주었다.

"명상이요?"

나는 놀라 되물었다. 명상……, 명상이라면, 선원이나 회당같이 넓고 한적한 공간에서 법사의 지도에 따라 호흡과 의식에 집중하는 행위가 아닌가? 그런데 아침 댓바람에 식당에서 일하다 말고 슈퍼마켓에 가서 무슨 명상을 한다는 것인지 도통 이해가 되질 않았다. 사람들은 당혹스러워하는 나를 전혀 개의치 않고 어서 가자며 내 팔을 잡아끌었다. 그렇게 사람들에게 이끌려 슈퍼마켓 안으로 들어가 보니 생각했던 것보다 더 놀라운 풍경이 벌어지고 있었다. 이 건물의 주방, 사무실, 슈퍼마켓 등에서 일하고 있던 모든 사람들이 다 나와 마켓 중앙의 타일 바닥에 가부좌를 틀고 앉는 게 아닌가! 다들 두 눈을 감고 자기 자신에게 집중하며 명상을 하고 있었다. 세상에! 아침에 일하다 말고 슈퍼마켓 바닥에 주저앉아서 명상을 한다니. 나는 도무지 적응할 수 없는 광경을 입을 쩍 벌리고 서서 멀거니 바라보기만 했다. 한데도 사람들은 이런 나를 아랑곳 않고 두 손을 무릎 위에 가지런히 올려 둔 채 눈꺼풀까지 살포시 닫고는 무한한 명상의 세계로 빠져 들어가 있었다. 너무 어이가 없어 나도 모를 실소를 내뱉다가 곧 사람들과 함께 타일 바닥에 주저앉고 말았다. 슈퍼마켓 바닥에 앉아서 하는 명상이라…… 매우 낯설고 어색한 상황 속에 들어와 있는 듯했지만 다른 무엇도 의식하지 않고 오로지 자기 자신만 바라보며 명상하고 있는 사람들의 에너지가 나에게도 전해져 오기 시작했다. 그래서 나도 사람들 사이에 자리를 잡고 앉아 두 손을 무릎 위에 올리고 시선을 코끝에 집중시키며 호흡과 의식을 지켜보았다. 슈퍼마켓 타일 바닥 위에서 명상을 하고 있는 나와, 이곳에 모인 사람들의 에너지…… 작으면서 크고, 크면서도 차분한 에너지가 온몸으로 전해져 왔다. 낯설기만 한 공간이지만 놀랍게도 나 자신과 지금 이 순간에 집중이 됐다.

십여 분쯤 지났을까. 누군가의 만트라[7] 소리에 그만 눈을 뜨고 소리가 나는 곳으로 시선을 돌렸다. 빙 둘러 앉은 원형의 한쪽 틈새에 의자를 놓고 앉아 있는 할머니가 보였다. 그분께서 향을 피워 올리고 만트라를 외우는 것으로 명상 시간이 마무리됐다.

만트라가 끝나자 사람들은 자연스럽게 자리에서 일어나 저마다의 위치로 되돌아갔다. 그리고 조금 전에 하던 일을 다시 했다. 나도 그들을 따라 그만 자리에서 일어났지만, 손과 발, 머릿속까지 얼얼한 느낌이 들었다. 이것은 나에게 굉장히 큰 충격이었다. 넓고 한적한 장소에서 오랜 시간 한 자세로 앉아만 있어도 내면의 의식에 집중하기가 쉽지 않았다. 때문에 요가 아사나 혹은 호흡법보다도 더욱 어렵다고 하는 명상이 어찌 이리 정신없는 슈퍼마켓에서 손쉽게 이루어질 수 있을까? 그리고 그동안 나는 왜 내가 발 딛고 있는 현실 속에서 명상하려 들지 않고, 내가 속한 현실을 벗어나야만 명상할 수 있다고 생각해 왔을까?

나의 무지와 어리석은 자아를 누군가 망치로 쾅쾅 두드려 부숴 놓은 듯한 느낌이 들었다. 그 부서짐이 좋은 쪽이든 나쁜 쪽이든 상관없이, 무언가가 부서져 버렸다는 사실 그 자체로서 큰 충격에 휩싸였다. 나는 자리에서 꼼짝도 하지 못한 채 가만히 서서 지금 이곳에서의 명상이 깨뜨려 놓은 나의 자아를 돌아보았다.

얼마나 그러고 있었을까. 잠시 뒤 나는 내가 일하고 있던 자리로 되돌아갔다. 그리고 주변 사람들을 바라보았다. 그들 모두가 얼굴에 잔잔한 미소를 띤 채 기쁘고 평화롭게 일하고 있었다. 나는 식칼을 손에 쥐고 다시 야채를 썰기 시작했다. 그리고 조금 전의 명상 시간에 대해서 떠올려 보았다. 이곳 사람들은 어쩌면 명상을 '티타임' 같은 것으로 여기며 살아가고 있는 게 아닐까?

'명상'이란 머릿속에 떠오르는 수많은 생각, 즉 관념의 조각과 찌꺼기들을 비움으로써 내면의 의식을 맑고 평화롭게 만드는 행위다. 명상의 반대말이라고까지 보기는 어렵지만, '명상冥想'이라는 단어와 반대되는 성향을 지닌 단어가 있다면 '상상想像'이라 할 수 있다. 우리의 머릿속에 떠오르는 대부분의 '상'들은 아직 오지 않은 미래에 대한 불안과 두려움, 지나간 과거에 대한 회한과 아쉬움들이다. 이것들은 우리의 의식이 지금 여기 현재에 머무는 것을 방해한다. 간혹 밝고 긍정적인 상이 떠오르는 때도 있지만, 이 또한 우리를 과도한 긍정과 착각의 상태로 빠뜨려 현재를 제대로 바라보지 못하게 만든다.

우리의 몸과 마음은 이렇듯 끊임없이 떠오르는 좋고 나쁜 생각들로 인해 잠시도 쉬지 못하고 시달리는 상태에 놓여 있다. 때문에 자꾸만 머리가 아프고, 가슴이 답답하고, 몸이 잘 움직이질 않고, 내 마음이 내 뜻대로 되지 않는 현상이 반복되곤 한다. 그렇다면 자꾸만 떠오르는 생각에 쉴 새 없이 시달리는 몸과 마음을 어떻게 다스려야 할까? 그것은 우리 안에 떠오르는 생각을 비워 낼 때에 가능해진다. 우리의 내면이 온전히 '비움'으로 가득 찼을 때 몸과 마음 그리고 의식에 '쉼'이 깃든다. 이 비움과 쉼의 상태 속에서 명상은 저절로 일어나고, 이때에 우리의 몸과 마음은 비로소 정화된다.

비움과 쉼 그리고 정화. 일을 하다가도 티타임이 되면 다들 일손을 놓고 따뜻한 차를 마시는 것 또한 비슷한 이치가 아닐

까? 실제로 절에서 행하는 명상 중에는 '차 명상'이 있다. 하던 일을 멈추고 자리에 가만히 앉아 따뜻한 차를 마심으로써 몸과 마음에 휴식을 주는 것이다. 이때 우리 몸과 마음이 정화되고, 그것이 곧 '명상'이 된다. 영국의 노동자들이 바로 이 티타임을 통해 일의 피로를 잊고 새로운 에너지를 만드는 것처럼, 명상 또한 노동으로 인한 피로감과 생각의 찌꺼기를 비우고 생명의 기운을 다시 채우는 행위로 볼 수 있지 않을까? 이로 인해 우리는 더욱 맑고 건강한 상태로 삶을 살아 나갈 수 있고, 그 덕에 노동의 능률이 오르고 작업 환경이 좋아진다면 궁극적으로 우리가 살아가는 세계 자체가 더욱 발전된 형태로 나아갈 수도 있다.

문득, 한국 사회에서도 이러한 명상 문화가 좀 더 보편화된다면 어떨까라는 생각이 들었다. 기도와 명상 등 영성 생활에 관심이 있는 사람뿐만 아니라 일터나 가정 속에서 평범하게 생활해 가는 누구나 다 명상하는 세상. 모든 사람이 다 명상하며 살아가는 세계를 나는 꿈꿔 본다.

하고 싶은 일, 그러나
해야 할 일을 만날 때

한국식 미역 냉채와 비빔밥 만들기를 마치고 만든 음식을 그릇에 나누어 담아 밖으로 나왔다. 그리고 바로 옆 건물인 솔라 키친 앞으로 갔다. 일을 마치고 오신 사세 선생님이 그곳에서 우리를 기다리고 있었다. 그는 마트리만디르에서 매일 다섯 시간 정도 문지기로 일하고 점심시간에 퇴근해 홍신자 선생님과 식사를 같이 했다. 그리고 오후에는 학문 연구와 논문 집필 등의 일을 하며 본업 또한 충실히 해 나갔다. 우리 셋은 다 함께 솔라 키친 2층에 자리한 '테라세'라는 카페로 올라갔다.

테라세는 반 옥상 형태의 공간에 자리한 카페로, 혼자서 브런치를 먹거나 커피를 마시는 사람들이 즐겨 찾는 곳이었다. 청년들이 카페 테이블 위에 저마다의 노트북을 올려놓고 작업하는 모습이 마치 한국의 커피숍과 같은 분위기를 자아냈다.

우리는 한쪽 테이블에 자리를 차지하고 앉아 푸투스 식당에서 챙겨 온 도시락을 먹기로 했다. 인도산 바스마티 라이스에 신선한 유기농 야채를 볶아 얹은 비빔밥은 한국에서 먹던 것과는 사뭇 다른 느낌이었다. 고추장 대신 간장으로 양념을 해서 계란이나 고기 없이 가볍게 비벼 먹는 그 맛에 몸과 마음이 신선하게 채워졌다. 나는 숟가락으로 밥을 한 움큼 떠서 입안에 넣고 천천히 씹었다. 새벽에는 요가를 하고, 오전에는 식당에서 일을 하다가 정오가 되어서야 먹는 첫 끼니였다.

"문지기 일은 어떠세요?"

나는 사세 선생님을 향해 물었다. 그러자 그는 나를 보며 씩 웃으며 대답했다.

"재미있어요."

그렇게 대답하는 선생님의 목소리나 표정에는 한 치의 거리낌이나 망설임이 없었다.

"정말요?"

나는 다시 물었다. 사세 선생님은 글을 쓰고 그림을 그리고 강의를 하는 사람이었다. 숙소에서도 밥을 먹는 시간을 제외하면 그는 거의 대부분의 시간을 노트북을 펼쳐 둔 채 글 쓰는 일에만 집중했다. 때로는 벼루에 먹을 갈아 먹물을 만들고 붓을 들어 한지에 그림을 그렸다. 항상 직접 갈아 내린 원두커피의 잔을 들고 숙소 바깥 정원으로 나가 그곳의 테이블에서 혼자 작업했다. 그렇게 혼자서 글을 쓰거나 그림을 그리는 순간만이 진실로 존재하고 있다는 듯이.

그림 그리기는 해방이다. 처음에는 언제나 불안, 영혼을 짓누르는 불분명한 압력, 정체를 알 수 없는 그리움, 때로는 분노도 있다. 한 그림이 흐릿하게 나타난다. 대부분 산, 암벽, 먼 해안, 나무— 그러면 첫 획을 긋고 두 번째, 세 번째……
그리고 나면 나와 그림 사이에는 일종의 대화가 시작된다. 이제 나는 더 이상 그림의 주인이 아니다. 붓, 흰 종이 그리고 검은 선들이 자신들의 삶을 시작한다. 나는 다만 대답하는 자, 그림이 질문을 던지면 대답을 할 뿐이다. 그림은 더 이상 풍경과 상관을 잃고 추상이 된다. 선은 그 자신을 넘어서 역동적인 방향성을 갖는다. 그들은 균형, 역방향을 요구한다. 흰 면과 검은 면이 이야기를 나누며 이따금 색을 요구하기도 한다. 이때 내 임무는 조화를 만들어 내는 것이다. 몸을 곧추세우고 일어서는 힘과 받쳐 주는 힘. 앞을 향해 내달려 나가는 힘과 멈춰 서는 힘의 조화. 획은 도전이다. 그림이 스스로 자란다. 그림이 마침내 균형을 잡고 내 앞에 서면 내 마음을 짓누르던 압력도 문득 사라진다. 나는 다시 자유를 찾아 느긋하게 그림을 바라본다. 그림 그리기는 치료 행위다. 그 뒤 나는 며칠간 그림을 벽에 걸어 두고 고친다. 여기에 한 점을 추가하고 저기에 한 획을 조금 더 길게 늘어뜨리거나 더 굵게 고친다. 그러다 그냥 휴지통에 던져 버리기도 한다. 그림과 나의 대화는 끝이 나고, 나는 다시 한국학자일 뿐이다.

— 베르너 사세, 「수묵화」

나에게도 오로지 혼자서 글을 써 나갈 때만이 진정으로 살아 있는 순간이었다. 그리하여 나는 이십 대 내내 글쓰기의 순간 속으로만 나를 밀어 넣었다. 하지만 그렇게 살기 위해 나는 너무나 많은 것들을 포기해야 했다. 글쓰기는 항상 '하고 싶지만' 할 수 없는 것들이었고, 하고 있는 일들은 항상 '하고 싶지 않지만' 해야 하는 것들이었다.

내가 처음으로 소설을 쓰기 시작한 때는 스물두 살이었다. 그때 나는 소설을 정말로 사랑했고, 그래서 뒤늦게나마 대학에 들어가 문학을 공부하고 글을 쓰며 살았다. 소설가로서의 등단을 꿈꾸며 습작을 해 나가는 동안 해마다 신춘문예에 응모했지만 당선은 쉽지 않았다. 그때부터 5년간 나는 늘 습작과 등단에만 열을 올렸다. 그러나 힘들게 써 내려간 원고가 당장의 생활비를 마련해 주지는 않았기에 나는 다른 일을 해서 돈을 벌어야만 했다. 그렇게 돈을 벌기 위해 밖으로 나가 일을 하다 보면 정작 소설을 쓸 시간이 없었다. 소설 쓸 시간을 확보하기 위해 시간제 혹은 기간제 아르바이트만 하며 백화점, 카페, 레스토랑 등을 전전했다. 그러다 보니 점차 체력이 떨어져 나중에는 시간이 있어도 책상에 앉아 글을 쓸 수 없을 지경이었다.

원하는 일을 하기 위해 원치 않는 일을 하느라 정작 원하는 일은 하지 못하는 현실을 언제까지 살아야 하는 것일까. 나는 왜 하고 싶은 일을 하면서 살아갈 수 없는 것일까. 불이 모두 꺼진

터널에 갇혀 그만 주저앉아 버리고 싶은 충동에 매일 시달렸다.

대학을 졸업한 뒤에도 계속해서 소설을 쓰기 위해 아르바이트를 하면서 살았다. 친구와 만나 영화를 보거나 쇼핑을 하는 일들은 꿈도 꾸지 못하고, 사용요금을 낼 돈도 부족해 휴대전화기조차 쓰지 못했다. 돈 많은 부모님이 있어 대학을 졸업하고도 용돈을 받으며 취업을 준비하거나 아니면 대학원에 진학해 공부를 계속하는 친구들이 얼마나 부러웠는지 모른다. 나도 누군가 저렇게 경제적인 뒷바라지만 해 주면 마음 편하게 들어앉아 쓰고 싶은 글을 얼마든지 쓸 수 있을 텐데. 내 주변의 사람들은 가지고 있는 현실이 나에게는 왜 허락되지 않는 것일까. 내 삶을, 내 존재를, 얼마나 많이 원망하고 부정했는지.

"선생님은 학자면서, 화가시잖아요. 공부하고 그림 그리는 일이 좋아서 그 일을 하시는 것 아니세요? 그런데 어떻게 문지기 일이 재미있을 수 있는지 저는 잘 이해되지 않아요."

내가 묻자 사세 선생님은 말없이 나를 바라보았다. 그러고는 천천히 입을 열었다.

"글쎄요. 나는 이 세상에 일어나는 일들 중 '재미' 없는 건 단 하나도 없다고 생각해요."

나를 바라보던 그가 말했다. 우리는 식사를 마치고 후식으로 커피와 차를 마시며 대화를 이어 갔다.

"사실은 아주 어렸을 때부터 그림을 그리고 싶었어요."

유기농으로 재배했다는 인도산 커피를 마시며 사세 선생님께서 이야기를 꺼냈다.

"그래서 정말 미술대학에 가고 싶었어요. 그런데 아버지의 반대가 심해서 진학할 수 없었죠. 그럼 미술 대신 고고학을 공부하겠다고 말씀드렸는데 그것도 반대하시는 거예요. 아버지는 무역업을 하시던 분이었는데 내가 가업을 잇기만을 바라셨어요. 그래서 그 당시 얼마나 고통스러웠는지 몰라요. 결국 아버지의 뜻에 따라 무역 일을 하면서 실업학교에 들어가 마음에도 없는 회계학을 공부하게 되었죠. 회계학은 정말 재미없고, 복잡하고, 어렵기만 했어요. 학교를 졸업한 뒤에는 한국 전남 나주에 실업학교 설립을 돕기 위해 한국을 방문했어요. 한 4년 정도 머물렀는데, 이후 한국에 돌아와 아버지 회사를 그만두고 다시 대학교에 들어가서 한국학을 공부했어요. 그리고 5년 만에 박사학위를 받았어요. 서른 살에 대학에 들어가 서른다섯 살에 박사졸업을 한 거예요. 그때 나는 이미 독일에서 결혼을 한 상태였고, 아이들도 많이 있었죠. 그러니 당연히 돈도 필요했지요. 공부하면서 돈을 벌기 위해 많은 일을 해야 했어요. 그 당시 나에게는 시간과 돈, 모든 것이 늘 부족하기만 했죠. 그런데 어떻게 그렇게 공부해 재빨리 졸업할 수 있었는지 궁금하지 않아요?"

대학 시절 나에게 부족한 것은 시간뿐만이 아니었다. 매일매일 이어지는 과제와 시험 그리고 소설 쓰기…… 거기에 아르바이트까지 하면서 생활비를 벌다 보니 과로와 스트레스가 겹쳐 신경성 위장장애까지 앓게 되었다. 사세 선생님은 사업에, 가정에, 학업까지…… 그 시간을 어떻게 다 견디며 살았을까.

"그것은 다 실업학교에서 배운 회계학 덕분이었어요. 회계학을 하다 보니 돈과 시간을 조리 있게 배분하는 방법을 터득할 수 있었죠. 회계학은 내가 원하지도 좋아하지도 않는 학문이고 일이었는데, 시간이 지나고 보니 그것이 내 생에 굉장히 필요하고 중요한 존재로 뿌리박혀 있었어요. 그 덕에 일을 하고 가정 생활을 하면서도 대학을 다녀 5년 만에 박사 학위를 받을 수 있었고요. 그때 받은 박사 논문으로 독일에서 상도 받았죠."

'나'를 온전히 괴롭히기만 하던 청춘의 시간은 어떠한 방식으로 지나가며 어떠한 형태로 나에게 남는가. 괴롭고 처절하여 차라리 죽어 버리고만 싶은 시간이었지만 그것이 정녕 '불행'이었다고 자신 있게 말할 수 있을까. 그때 그 시간이 아니었더라면 스물여덟 살이라는 나이에 나는 작가가 될 수 있었을까.

"물론 박사 과정 중에는 내가 회계학을 공부한 덕분에 지금 이렇게 힘들고 바쁜 시간을 잘 조리해서 쓸 수 있는 능력이 생겼구나라고 생각하지는 않았죠. 나중에 학기가 다 끝난 다음에야 깨달았어요. 처음부터 그런 계획을 세우고 했던 것이 아니라, 돌이켜 보니 그런 것이었죠. 그러니 지금 이 문지기 일도 나에게 의미가 없거나 쓸데없는 일이라는 생각은 전혀 하지 않아요. 그곳에서 만나는 많은 사람들과 함께 세상 사는 이야기를 나누니까요. 그것은 아주 재미있는 일이에요. 혼자서 논문을 쓰거나 그림을 그리는 일도 매우 좋아하고 또 중요하지만, 그렇게 혼자서 방 안에만 있으면 사람과의 소통은 할 수가 없어요. 사람들의 모습을 바라보고, 관찰하고, 사람들과 이야기 나눔으로써 일어나는 모든 현상과 발견에 대해서 나는 글을 쓰고 또 그림을 그리죠. '일'이라는 것을 꼭 '노동'으로만 받아들이지 않고 '놀이'로 받아들이면 모든 일이 다 재미있게 다가와요."

어쩌면 이십 대에 겪었던 그 고통이 축복이었던 것일까. 어째서 나는 당시에는 그 모든 일을 절망으로만 받아들이며 괴로워했을까. 모든 세계관은 결국 '시선'에서 나온다. 사세 선생님처럼 나 또한 세상을 좀 더 즐겁게 바라볼 줄 알았다면, 재미있게 받아들일 줄 알았다면 지나간 이십 대의 나는 조금 더 강인한 모습이지 않았을까.

지나간 일들에 대한 후회는 지금의 나에게 그다지 필요하지도, 도움이 되지도 않는다. 이미 지나간 이십 대의 어둡고 괴롭던 날들이 아프게 다가오기는 하지만, 그것은 또 그 나름대로의 의미를 지니며 내 삶에 커다란 기반이 되었다.

나는 크게 절망했기에, 크게 희망할 수 있었다. 온전히 무너져 내렸기에, 온전히 일어날 수 있었다. 그러니 지나간 시간을 후회하지 말고 앞으로 다가올 시간들, 그리고 지금 여기 이 순간을 기꺼이 받아들이며 긍정적으로 바라보면 된다고, 선생님의 눈빛이 나에게 이야기하고 있었다.

모든 것을 비웠을 때
채워진다

찻잔을 다 비우고 나자 사세 선생님이 먼저 자리에서 일어났다. 그러고는 문서 작업할 것이 있다며 노트북을 들고 오로빌 도서관으로 떠났다.

사세 선생님이 자리를 뜨고 난 뒤 홍신자 선생님께서는 카페의 메뉴판을 보며 먹고 싶은 것을 이야기해 보라고 했다. 나는 아직 맛보지 못한 남국의 과일, 파파야 주스를 먹겠다고 말했다. 그러자 선생님은 오로빌 카드를 가지고 카운터로 가서 파파야 주스와 혼합 과일 주스 그리고 바나나 아이스크림을 받아 왔다. 나는 선생님이 건네주는 파파야 주스를 받아 한 모금 들이켰다. 달거나 강렬한 맛 없이 오로지 파파야만 갈아 낸 걸쭉하고 심심한 맛의 주스였다. 뭔가 텅 비어 있는 느낌……. 그와 동시에 뭔가 가득 차오르는 느낌이 밀려들었다.

채움과 비움. 나는 분명히 비어 있던 속을 음식으로 채워 넣었는데, 그 안에서는 비움이 느껴지고, 그로 인해 다시 채움이 느껴지고, 또 비움이 따라왔다. 나에게 있어 글쓰기 또한 그렇지 않았을까. 글을 쓰는 행위 자체는 분명 백지에 무언가를 채워 넣는 일인데, 글 쓰는 순간이면 내가 가진 모든 것을 쏟아 내는 까닭이었다. 그렇다면 나에게 있어 글쓰기란 채움일까, 비움일까?

"선생님."

내가 부르자, 홍신자 선생님은 고개를 들어 나를 바라보았다.

"춤이라는 행위는 무언가를 채우는 과정인가요, 아니면 비우는 과정인가요?"

갑작스러운 질문이었는데도 홍신자 선생님은 전혀 당황하지 않았다. 그저 오래 기다려 온 질문을 받기라도 한 것처럼, 내가 이렇게 물어볼 것을 이미 알고 있기라도 한 사람처럼 담담하게 입을 열었다.

"춤은 기본적으로 비어 있지 않으면 나올 수 없어요. 아니 어쩌면, 온전히 비어 있는 상태에서만 춤이 나올 수 있는 것일지도 몰라요. 현실을 살아가는 모든 사람들이 추구하는 것, 그리고 종교에서 내세우는 것을 한번 생각해 보세요. 결국에는 다 사랑이거든요. 한데 나는 그것이 '진짜' 사랑인지에 대해서는 조금 의문이 들어요. 왜냐하면 사람들은 사랑을 통해 뭔가를 채우려고 들기만 하거든요. 하지만 사랑 또한 온전히 비어 있을 때에 진정으로 할 수 있는 거라고 생각해요. 오로지 가득 비어 있는 상태에서만 '사랑'은 '사랑 그 자체'일 수 있어요.

조금 다른 예로, 수많은 사람들이 나에게 '자유'에 대해서 묻곤 해요. 그런데 이 '자유' 또한 온전히 비어 있는 상태일 때에 자유 그 자체일 수 있는 거예요. 예를 들어 사람들은 보통 한자리에 가만히 앉아서 명상을 하죠. 그렇게 명상을 하는 궁극적인 목적은 어떠한 대상, 혹은 '나'를 어떻게 비우느냐는 것이에요. 우리의 혼돈과 갈망, 욕망 그리고 생각은 끊임없이 흐르고 변화하잖아요. 그러한 방식으로 나를 괴롭히는 악마 같기도 한 것인데요. 우리가 그것을 다 내려놓았을 때, 오로지 비움으로써 나의 내면이 가득 채워졌을 때 일어나는 것이 바로 사랑이에요."

비움 속에서 내면이 가득 채워진다……. 춤으로써 그러한 일이 가능하다면, 연출은 어떤 것일까? 홍신자 선생님은 안무 구성은 물론 무대 연출도 함께 해 나가는 분이다. 단순히 나 자신에게 집중해 춤을 추는 행위와 무대를 연출하는 행위는 다른 일이지 않을까? 무대 위 비어 있는 공간을 어떻게 채워야 할지 끊임없이 연구하고 실험해야 할 터. 나는 그에게 무용과 연출 작업의 병행에 대해서도 물어보았다.

　"무대의 연출은 기본적으로 '공간'을 채우기 위한 작업이긴 하죠. 그것은 그림도 마찬가지라고 생각해요. 일단은 무언가 만들어 놓아야 사람들이 보니까요. 그러나 뭔가를 많이 채워 놓는다고 해서 꼭 좋은 것만은 아니에요. 우리는 단 하나의 오브제를 가지고도 엄청나게 많은 것을 이야기할 수 있어야 하고, 엄청나게 커다란 세계를 보여 줄 수 있어야 하거든요. 자기 것이 없는 사람만이 다른 것을 가져다가 마치 자기 것인 양 많은 것을 보여 주는 법이죠. 그것은 보는 사람의 입장에서는 아무런 의미도 느낌도 가질 수 없을 뿐더러 오히려 거부감이나 불쾌함이 들 수도 있는데 말이에요. 아마 자신도 알 거예요. 자기에게는 아직 제대로 보여 줄 만한 게 없으니까 공연히 이것저것을 끌어다가 나열할 수밖에 없다는 사실을요. 그러나 자기 안에 확

실한 세계가 있고, 정확하게 보여 줄 것이 있다면, 그것 하나만
으로도 충분히 연출이 가능하죠."

그런 면에 있어서 홍신자 선생님의 무대는 언제나 심플했다.
그는 항상 작은 것을 통해 어떻게 전체를 보여 줄지에 대해서
고민하는 사람이었다. 단순히 팔을 한 번 들어 올렸을 뿐이지만
열 번을 들었다 놨다 하는 것보다 훨씬 강렬한 무언가, 가만히
서서 아무것도 하지 않고 있지만 수십 번을 움직이며 왔다 갔다
하는 것보다도 훨씬 강렬한 무언가……. 그는 언제나 그 무언가
를 찾아 나간다. 그것이 자신만의 고유한 세계를 가지고 있는
사람들의 특징일까? 어렵고 복잡한 것을 아주 쉽고 단순하게 만
드는 마법. 그러한 함축을 통해 작가는 더 크고 많은 것을 전달
할 수 있다.

선생님은 앞에 놓인 주스를 한 모금 들이켠 뒤 이야기를 이어
갔다.

"이렇게 주스 한 잔을 만드는 일도 마찬가지예요. 사람들은
주스를 맛있게, 오래 보존하기 위해 과도하게 많은 것을 집어넣
어요. 그러다 보니 인공 색소와 화학성 감미료, 착향료, 보존료
등 인체에 해로운 식품첨가물이 생겨났죠. 그런 것은 비록 입에
서는 달게 느껴질지 모르지만, 조금 지나 보면 입안이 텁텁하거
나 속이 더부룩해져서 나를 불편하게 해요. 하지만 이렇게 일체
의 식품첨가물을 넣지 않고 순전히 과일과 약간의 물을 넣고 갈

아서 만든 주스를 먹어 보세요. 첫맛은 조금 싱겁고 심심하지만 먹으면 먹을수록 좋은 느낌이 전해져 와요. 이 안에서 과일이 가진 깊고 순수한 천연의 맛을 더 많이 느낄 수 있어 재밌기도 하고요."

선생님의 말에 따라 나도 앞에 놓인 잔을 들어 주스를 한 모금 더 들이켜 보았다. 기존에 먹어 오던 과일 주스보다는 밋밋하지만, 그 안에 과일 본연의 당분과 신선함이 오롯이 담겨 있었다.

돌이켜 보면 소설도 마찬가지였다. 나는 아주 어렸을 적부터 책 읽기를 좋아했다. 하지만 조금이라도 어렵고 장황한 문장이 나열되어 있거나, 웅대하고 긴박한 서사 혹은 너무 많은 인물이 등장하는 이야기는 읽기가 버거웠다. 그래서 항상 읽기는 쉽되 의미는 깊은 책을 골라 읽었다. 그리고 나 또한 그런 소설을 쓸 수 있는 작가가 되고 싶었다. 하지만 막상 문장을 최소화한다는 것은 쉬운 일이 아니었다. 누구에게나 쉽고 편하게 읽힐 수 있는 문장을 쓰기 위해서는 버리고 또 비워야 할 게 너무나 많았다. 우선 타인에게 비치는 내 모습이 좀 더 번듯해 보이면 좋겠고, 똑똑해 보이면 좋겠고, 멋있어 보이면 좋겠다는 욕심으로부터 벗어나야 했다. 멋진 이야기를 멋진 문장으로 표현해 보고 싶은 욕심을 비우고, 다소 멍청해 보인다 싶을 정도로 쉬운 문장을 쓰는 것. 그것은 진지하고도 어려운 문장을 쓰는 것보다 더 힘든 일이었다. 비운다는 것, 최소화한다는 것은 내가 생각하는 만큼 쉽게 되는 일이 아니었다. 선생님이 다시 말했다.

"소설 또한 그렇지 않나요? 읽기 쉬우면서도 깊은 의미를 담은 책이 바로 명작이지요. 나는 사람들이 되도록 빨리 이 단순함simple 그리고 최소화함minimal의 의미를 정확하게 알았으면 좋겠어요. 명품 가방과 드레스, 구두, 보석 등이 소비되는 지금의 세태를 보세요. 그런 것으로 자기 자신을 치장하고, 크고 넓은 집과 값비싼 자동차에 자신을 구겨 넣은 뒤 그것들만 내세우잖아요. 그렇게 외적인 것을 과시하는 건 '진짜' 자기 것이 없기 때문이에요. 그래서 다들 값비싸고 화려한 물건이 자기 자신을 대변해 주고 있다고 착각하는 거지요. 대부분의 사람들이 오랫동안 그렇게 살아왔고, 그것이 곧 하나의 문화와 관습처럼 굳어져 버려 이토록 물질적인 것으로 사람의 가치를 평가하고 또 판단해요. 하지만 그것은 겉으로만 대단해 보이는 것이에요. 본질은 모두 평범한 물상에 지나지 않죠. 단순히 돈을 많이 번다고 해서 우리의 삶이 행복해질 수 있는 것은 아니에요. 물질적인 것은 오히려 행복보다 불행을 가져오는 경우가 더 많아요. 나는 물질적으로는 별다르게 가진 것도 없는 심플한 사람이 진짜로 행복하게 사는 경우를 더 많이 봐 왔어요. 우리가 삶을 보다 성공적인 형태로 이끌어 가고 싶다면, 내·외적으로 가지고 있는 많은 것을 버리고 또 비울 수 있어야 해요."

매달 일해서 번 돈을 명품을 사는 데 고스란히 쏟아붓고도 돈이 부족해 카드빚으로 명품을 사들이던 친구의 모습이 문득 떠올랐다. 빼어나고 화려해 보이지만 본질은 그저 가죽과 천 조가리에 불과한 가방 그리고 옷을 친구는 왜 그렇게 사들여야 했을까?

나는 우리 앞자리에 앉아 있는 청년을 바라보았다. 그는 편안한 반바지에 티셔츠 차림으로 발가락 슬리퍼를 신고 있었다. 저청년뿐 아니라 오로빌에 거주하는 거의 모든 사람이 다 그와 비슷한 차림으로 돌아다녔다. 이곳에는 명품관은커녕 백화점이나 미용실 같은 것이 존재하지도 않았다. 주민들 중 누구도 명품을 두르거나 그것에 집착하지 않았다. 의복이나 가방, 신발 같은 것은 그저 일상에 필요한 최소한으로만 지니고 다녔다. 그들의 모습은 자유로워 보였고, 자유로움에서는 아름다움이 묻어났다. 우리를 둘러싼 많은 것, 특히 물질이 사라진 자리에 남은 최소한의 것, 그것이 어쩌면 그가 말하는 진정한 자유가 아닐까?

"한국에 많은 청춘들이 취업에 성공하지 못해 좌절하고 절망하는 이유는 이러한 외적인 욕심을 버리지 못하기 때문이 아닐까요? 타인에게 자신을 보여 주고 싶고 과시하고 싶은데, 직업이 없으면 아무것도 보여 줄 수 없다고 인식하니까요. 그래서 자기가 하고 싶은 진짜 '일'을 하려고 하기보다는 무조건 대기업, 공무원, 교사와 같이 겉보기 좋고 안정적인 직장을 꿈꾸죠. 하지만 그것이 진짜 자신의 '꿈'인지에 대해서는 면밀히 따져 볼 필요가 있어요. 정말로 사무원이나 공무원을 꿈꾸는 사람도 없지는 않겠지만, 그것은 대부분 자기 자신의 바람이 아닌 부모님의 바람 혹은 사회가 바라는 인재상일 거예요. 자기 자신의 시선이 아니라, 철저히 외부적인 시선인 것이죠. 우리는 그 '외적인 시선의 의식'으로부터 벗어나 오직 자기 자신만의 시선에 의식을 집중할 수 있어야 해요. 한 꺼풀 한 꺼풀, 외부의 시선을 벗겨 나가다 보면 점점 더 투명해지는 자기 자신을 발견할 수 있죠. 그때에 우리가 진정으로 원하는 진짜 자신의 삶을 살 수 있어요."

이십 대에 내가 간절히 바라던 일은 작가가 되는 거였다. 나는 멋진 소설가가 되어 사람들에게 나의 이야기를 해 주고 싶었다. 그런데 '소설가'라는 이름이 가져다주는 사회적인 명성과 허울이 없었다 해도 나는 작가를 꿈꿀 수 있었을까? 이십 대에 끊임없이 신춘문예에 도전했으나 번번이 미끄러지기만 하던 까닭은 어쩌면 그래서가 아니었을까? 원하는 바를 이루지 못해 절망의 나락 속에 빠져들고, 요가를 통해 외부로 향하던 시선을 나 자신에게로 돌렸을 때에야 오래 꿈꾸던 작가로서의 꿈이 비로소 이루어지던 상황은 어쩌면 당연한 순리가 아니었을까?

선생님은 그만 테이블을 정리하며 "이제 일어날까요? 지금쯤 마트리만디르에 가 봐야 해요."라고 말했다. 나는 먹고서 비워 둔 컵을 쟁반에 옮긴 뒤 선생님을 따라 자리에서 일어났다.

숨겨 둔 마음이
깨어나는 시간

아침에 눈을 떠 시간을 확인해 보니 새벽 4시 30분이었다. 나는 자리에서 일어나 전기주전자에 물을 끓였다. 잔에 홍차 티백을 넣고 물이 끓기를 기다리는 동안 창문 바깥의 풍경을 바라보았다. 새까만 어둠만이 짙게 깔려 있는 새벽녘이었다.

담배 연기를 내뿜을 적마다 새벽의 공기는 색깔을 달리했다. 점점 더 하얗게 흐려져 내가 내뿜는 담배 연기마저도 보이질 않았다. 잠시도 허공에 머물지 못하고 사라지는 연기를 바라보고 있자니 문득 그 흰빛이 두렵게 느껴졌다.

— 김혜나, 『제리』

어두운 밤에서 어스름한 빛이 몰려드는 새벽의 시간. 그리고 어스름한 새벽빛이 완연한 흰빛으로, 흰빛이 투명한 아침으로 변해 가는 시간을 나는 물끄러미 보고 있기 좋아했다. 그 안에 깃든 어둠과 빛은 나에게 슬픔과 기쁨, 절망과 희망, 기대와 두려움 등 다양한 감상으로 젖어들었다. 전기주전자에 물이 끓어오르며 전원이 꺼졌다. 나는 그만 몸을 틀어 주전자에서 물을 잔으로 옮겨 담았다. 투명하던 물이 검은빛으로 서서히 물들어 갔다.

따뜻한 차로 목을 축인 뒤 바닥에 요가 매트를 깔고 앉았다. 그렇게 앉아 천천히 숨을 내쉬고 또 들이쉬며 내 몸에 흐르는 호흡을 바라보았다. 시간이 얼마나 지났을까. 바깥은 어느새 환한 빛으로 물든 아침이었다. 나는 자리에서 일어나 요가 매트를 들고 방 밖으로 나갔다. 그리고 옥상으로 가서 요가 아사나를 수련해 볼 요량으로 계단을 올랐다. 꼭대기 층에 가서 옥상 문을 여니 '푸르다'라는 말로도 다 할 수 없을 만큼 푸르고 창창한 하늘이 드러나 보였다. 사방이 꽃으로 둘러싸인 아름다운 정원도 한눈에 들어왔다.

나는 요가 매트를 펼쳐 그 위에 가부좌를 틀고 앉았다. 두 손을 무릎 위에 올리고 척추는 바르게 세운 뒤 코끝을 바라보았다. 이내 몸속으로 들어오고 또 빠져나가는 공기의 흐름. 나는 참으로 오랫동안 흐르고 또 흘러 지금 여기에 존재하고 있다. 나는 지금 여기에 있다.

혼자 있는 것을 두려워하고 견디지 못하는 사람들이 있다. 타인의 시선을 부담스러워하면서도 정작 혼자가 되었을 때 어떻게 해야 할지 난감해한다. 인간이 감내해야 하는 고독을 병으로 앓고 있는 사람들. 그러나 고독은 혼자가 된다는 두려움을 버릴 때 다른 형태로 바뀌게 마련이다. 그것은 바로 자기 자신과의 조우다. 아침 바람이 고독을 고요로 바꾸어 우리 앞에 떠오른다. 다시 혼자가 되어 누리는 온전한 시간 속에서 외로움이 아닌 자기 자신을 발견하는 것이다. 그 존재와의 만남을 통해 우리의 내면은 충만으로 가득 차오를 수 있다.

한자리에 가만히 앉아 오로지 나만을 바라보는 시간. 한참 요가를 하며 외부로 드러나는 나를 모두 지우고 내면의 나에게 가까이 다가갔다. 그때 비로소 드러나는 진짜 '나', 그리고 마음……. 몸과 마음이 저마다 분리되지 않고 온전히 하나 되어 존재하는 순간이 나에게 일어나고 있었다.

요가 수련을 마치고 시간을 확인해 보니 어느덧 아침 식사 때가 되어 있었다. 그만 자리에서 일어나 매트를 접고 방으로 돌아갔다. 한국에서 챙겨 온 볶은 곡식과 『푸나의 추억: 라즈니쉬와의 만남』을 들고 1층 공용 주방으로 내려갔다. 주방 선반에서 그릇을 꺼내어 볶은 곡식을 나누어 담은 뒤 수저를 들고 식탁에 가 앉았다. 나는 자연으로부터 받은 에너지를 소화시켜 다시 나누어 쓰게 되기를 기도했다. 그리고 수저를 들어 곡식을 천천히 나누어 먹었다. 내 삶에 활력을 전해 주는 식사. 하루를 시작하는 끼니를 자신을 위한 시간으로 만들 때 우리의 삶은 좀 더 풍요로운 리듬을 만들어 간다. 나는 책을 읽으며 천천히 식사를 마친 뒤 거실 소파로 자리를 옮겨 앉아 다시금 책을 펼쳤다.

> 아침이 오면 뜨는 해를 쳐다보며 강물에 허벅지까지 담그고
> 경전을 크게 읽는 자가 있고, 경건한 노래를 부르는 자가
> 있으며, 또 만트라를 열심히 외는 자도 있다. 그런가 하면
> 목욕을 하고 나서 그 물을 떠다가 아침밥을 짓는 자도 있다.
> 우리는 태어나 이 속세에서 죄를 짓고, 지은 그 죄를 또
> 씻으려 한다. 왜 이 모든 죄악 속에서 괴로워하면서도 살아야
> 하고, 극락을 희구하면서 번민해야 하는가? 나에게 이것의
> 해답이 올 때까지 나의 영혼은 결코 편안히 잠들지 못할
> 것이다.
>
> ― 홍신자, 『푸나의 추억: 라즈니쉬와의 만남』

이 구절이 눈에 들어온 이유는 무엇일까? ……

오늘은 홍신자, 사세 선생님과 함께 '로마스 키친'이라는 인도 식당에서 점심 식사를 하기로 약속한 날이다. 식사를 마친 뒤에 택시를 타고 폰디체리에 있는 스리 오로빈도 아쉬람에도 함께 가기로 했다.

나는 선생님들을 만나기 전 잠시 산책을 하기 위해 게스트하

우스의 화려한 정원을 지나 대문을 나섰다. 사방이 꽃과 나무로 뒤덮인 길. 새와 다람쥐가 나무 위를 돌아다니고 꽃잎이 흩날리는 풍경. 이것은 현실인가, 꿈인가. 동화 속 어느 한 장면에 갑자기 뚝 떨어진 듯한 감상에 젖어 들어 나는 번번이 걸음을 멈추게 되었다.

그때 내 곁을 스쳐 지나가는 여인이 있었다. 여인은 아리따운 분홍색 사리를 입고서 맨발로 걷고 있었다. 나는 걸음을 멈추고 여인을 물끄러미 바라보았다. 그러자 여인 또한 나를 바라보며 웃었다. 가볍게 고개를 숙여 그녀에게 인사하자 그녀도 맑게 웃으며 나에게 인사했다. 때묻지 않은 순수한 미소가 햇빛에 부딪쳐 맑게 빛났다. 여인의 머리 위로 부서져 내리는 빛과 발밑으로 딛고 있는 땅의 기운이 온전히 느껴졌다. 그리하여 나는 점차 멀어져 가는 여인의 뒷모습을 오래도록 바라보며 서 있었다.

그러자 문득, 나도 그녀와 같이 신발을 벗어 보고 싶었다. 흙 묻히지 마라, 더러운 거야. 어린 시절 엄마에게서 듣던 말이 귓가에 맴돌았으나, 흙은 오히려 정말 순수하고 자연적인 것이자 내 몸의 일부라는 생각이 더 크게 밀려들었다. 나는 흙이 가진 생명력을 온몸으로 느껴 보고 싶어 이내 발을 감싸고 있던 샌들을 벗었다. 그리고 발을 붉은 흙길 위로 조심스레 내딛었다. 햇볕에 알맞게 데워진 흙은 나의 차가운 발을 포근히 감싸 주었다. 하이힐에 익숙해져 있던, 바쁘게 사느라 피곤해져 있던 내 발이 위로받는 느낌이라고 할까. 온기는 곧 내 머리 끝까지 모락모락 피어올랐다. 그대로 자리에 멈추어 서서 흙의 기운을 온몸으로 느껴 보았다. 흙은 내 안에, 나는 흙 안에 있다는 사실을 느낄 수 있었다. 이렇게 가만히 서서 나는 흙을 바라보고, 흙은 나를 바라보는 지금 이 순간.

나는 흙의 기운이 주는 감상에 취해 시간 가는 줄 모르고 한참 동안 서 있었다. 그러다 어느 순간 잠에서 퍼뜩 깨어난 사람이기라도 한 양 정신이 번쩍 들었다. 이런, 약속시간에 늦게 생겼잖아! 나는 샌들을 집어 양손에 하나씩 나누어 들고 뛰기 시작했다. 그렇게 선생님들 숙소 앞에 다다르자 두 분 선생님이 이미 대문 앞에 나와 나를 기다리고 있는 모습이 보였다.

가슴을 열어야
사랑할 수 있다

"식당은 여기서 걸어가도 되는 거리이긴 한데, 지금 너무 더우니까 혜나 씨 먼저 사세 선생님 오토바이를 타고 식당에 가 있을래요? 그럼 선생이 혜나 씨를 내려 주고 나를 다시 데리러 올 거예요. 그동안 나는 조금씩 걸어가고 있을게요."

사세 선생님의 모패드(오로빌에서는 오토매틱 형식의 스쿠터인 모패드를 타고 이동한다.)는 두 명 이상 탈 수 없는 소형이라 우리는 그렇게 나누어 이동하기로 했다. 모패드를 끌고 나와 자리에 오른 사세 선생님의 뒷자리에 나도 따라 올라가 앉으며 샌들을 다시 신었다.

"괜찮아요?"

사세 선생님께서 나에게 물었다. 내가 그렇다고 대답하자 선생님은 이내 모패드에 시동을 걸었다. 모패드는 앞으로 힘차게 나아갔다. 청량한 바람이 불어오며 한낮에 푹푹 찌던 열기가 빠져나가는 것이 온몸으로 느껴졌다. 바람이 내 몸과 마음속으로 가볍게 스며들었다.

"먼 거리는 아니지만, 더우니까요."

선생님이 말했다. 나는 그의 등 뒤에 앉아 있어 그렇게 말하는 사세 선생님의 얼굴을 볼 수는 없었다. 그럼에도 불구하고 그가 싱긋 웃으며 나에게 윙크하는 모습이 눈앞에 그려졌다. 나는 사세 선생님의 허리를 두 손으로 꽉 붙잡고 크게 말했다.

"제가 좀 걸을 걸 그랬나 봐요. 홍신자 선생님은 발목도 약하신데."

"괜찮아요. 가까운 걸요. 내가 금방 다시 가 보면 돼요."

모패드는 정말로 금세 로마스 키친 앞에 가 닿았다. 선생님은 나를 식당 입구에 내려 주고 다시 모패드의 핸들을 틀어 우리가 왔던 길을 되짚어 갔다. 나는 식당으로 들어가는 길목의 정원을 둘러보며 식당 안으로 들어갔다. 이곳은 오로빌 안에서도 맛이 좋기로 소문난 곳이라 꼭 한번은 가 봐야 한다는 이야기를 곳곳에서 들어온 터였다. 나는 식당 안으로 들어가 야외 정원에 놓인 식탁에 자리를 잡고 앉았다.

메뉴판을 둘러보며 무얼 먹을까 고민하고 있을 즈음 식당 안으로 들어서는 홍신자 선생님의 모습이 보였다. 선생님은 식당 한쪽 벽면에 붙어 있는 '오늘의 특별 메뉴'를 보고 있었다. 뒤이어 사세 선생님도 식당 안으로 들어섰다. 그는 메뉴판을 보고 있는 홍신자 선생님의 뒷목을 손가락으로 살살 긁으며 장난을 쳤다. 홍신자 선생님은 그에 따라 "으응?" 하며 뒤돌아보았다. 이내 두 분은 활짝 웃으며 손을 꼭 잡고 내가 있는 자리로 와서 앉았다.

오늘의 특별 메뉴와 함께 난과 커리, 야채수프 등을 주문한 뒤 먼저 나온 물을 마셨다. 두 분은 별다른 대화나 애정행각을 나누지 않는데도 불구하고 어딘가 모를 설렘과 다정함이 늘상 묻어났다. 두 분에게 '사랑'이란 무엇일까? 그리고 사랑의 언어적 표현과 스킨십은 어떻게 해야 이상적인 것일까?

"혜나 씨는 지금 만나는 사람 있나요?"

홍신자 선생님이 나에게 물었다.

"네, 실은 얼마 전에 헤어졌어요. 인도에 오기 바로 직전에요."

"헤어진 이유에 대해서 물어봐도 될까요?"

"뭐랄까…… 만나다 보니, 제가 생각했던 것과 많이 다른 사람이었어요. 그걸 못 견뎌서 결국엔 제가 먼저 헤어지자고 말했어요."

"음……, 어떤 사람이었는데요?"

"처음엔 참 다정했어요. 항상 먼저 문자 메시지를 보내 주고, 전화해 주고, 안부 물어 주고, 제 걱정을 해 주는 사람이었죠. 다정할 뿐만 아니라 로맨틱하기까지 해서 데이트 도중에도 꽃집에 들러 제가 좋아하는 꽃을 사다가 안겨 주고, 같이 본 영화의 OST도 저장해 보내 주는 사람이었어요. 말도 행동도 눈빛도 정말 다 예쁘기만 한 사람이었죠. 나이는 저보다 어렸지만 항상 어른스럽게 저를 더 먼저 챙기고 아껴 주는 유일한 사람이었어요."

"그런데 왜 헤어지자고 했어요?"

"막상 정식으로 교제가 시작되고 난 이후부터는 사람이 달라지더라고요."

"어떻게요?"

"자상하고 로맨틱하던 모습은 온데간데없이 사라지고, 시간이 지나면서 저를 점점 함부로 대하기 시작했어요. 제가 하는 말이나 행동에 점차 무신경하게 반응하다가 나중에는 아예 무관심해지더라고요. 약속을 번번이 취소하거나 잊어버리기 일쑤였죠. 알아서 나오든지 말든지, 집에 제대로 들어가든지 말든지 자기와는 아무런 상관도 없다는 듯이 말하고 행동하는 거예요. 생일이나 기념일이 되어도 더 이상 선물 같은 것은 챙기지 않고, 따뜻한 말 한마디 해 주지 않더군요. 제가 먼저 선물을 해도 하나도 기뻐하지 않고, 이런 건 뭐 하러 사왔느냐며 앞으로는 하지 말라고 차갑게 말했어요. 함께 있는 중에도 저와 제대로 대화를 하거나 눈을 마주치는 경우는 없이 내내 휴대전화만을 들여다보며 다른 사람들과 메시지를 주고받거나 휴대폰 게임만 해 댔어요. 그러지 말고 이야기 좀 하자고 말하면 귀찮게 왜 이러느냐는 식으로 제 말을 다 무시해 버리고요. 어른스럽고 진지하고 섬세하던 모습은 모두 사라지고 매사에 짜증내고 불평만 늘어놓는 사람이었어요. 상황이 이렇다 보니 끊임없이 싸움이 일어났고, 그에게는 더 이상 저를 사랑하는 마음이 없다는 생각이 강하게 들더라고요. 정말 사랑한다면 서로 아껴 주고 보듬어 주고 챙겨 주는 게 당연한 일이잖아요. 한데 사랑은커녕 저에게 관심조차 없는 사람으로만 느껴져 더 이상 관계를 지속시킬 수가 없었어요."

"그래서 먼저 헤어지자고 말했나요?"

"네……."

"그랬더니 그 사람은 뭐라고 해요?"

"며칠 전까지 서로 좋아하며 만나 오다가 갑자기 헤어지자는 말을 들으니 너무 아프다고 했어요. 그 순간 이 사람이 저를 좋아하는 마음이 없는 것은 아니었다는 인상을 받기는 했지만 그렇다고 해도 만남을 더 이상 진행해 나갈 수는 없었어요. 저는 이미 너무나 많이 상처 받았고, 그렇게 상처 받은 마음을 되돌릴 길이 없었으니까요. 그 사람은 저를 잡고 싶어 했지만 그렇게 해서 유지되는 관계에 아무런 의미가 없다는 사실을 알고 있었죠. 나중에 들어 보니 그 사람은 그때 저의 이별 방식에 많은 상처를 받았다고 해요. 우리는 결국 서로에게 그렇게 상처만 낸 채로 헤어져 버린 거예요."

"음, 너무 안타깝게만 느껴지는 이야기네요."

"아직도 그 사람을 많이 좋아해요. 하지만 좋아하는 마음이 있다고 해서 사람과 사람 사이의 관계가 유지될 수 있는 건 아니라는 사실을 이 사람을 만나며 깨달았어요. 오히려 좋아하는 마음이 너무나 크기 때문에 견딜 수 없게 되는 부분이 생기더라고요. 또래의 친구들과도 연애와 사랑에 대해서 이야기를 많이 나누곤 하는데, 다들 연애를 너무나 힘들어해요. 좋아하는 마음만 있다고 해서 다 되는 게 아니라 더욱 힘들고 어렵다고요."

"하지만 그것은 많은 이들이 조건을 전제로 사랑을 하기 때문이에요. 혜나 씨의 경우를 예로 들자면, 혜나 씨는 그 사람이 혜나 씨에게 자상하고 따뜻하게 대해 주는 데다가 사소한 부분들까지 세심하게 잘 챙겨 줬기 때문에 좋아했던 것이잖아요. 그것이 바로 조건이에요. 엄밀히 말하면 혜나 씨는 그 사람 자체를 사랑했다기보다는, 그 사람의 자상하고 따뜻하고 섬세한 성품을 좋아했던 거예요. 조금 다른 예로는 대개의 여자들이 남자가 자신에게 명품 가방이나 구두를 사 주는 등 대우를 잘해 주면 그것을 사랑하는 것으로 착각하는 거예요. 하지만 시간이 지나 남자가 더 이상 그렇게 해 주지 못하면 곧바로 사랑이 식어

버렸다고 생각하는 식인 거죠. 사람들은 다들 어떤 외적인 현상을 사랑으로 측정하고 있어요. 그건 굉장히 잘못된 방식이에요. 사랑은 자신의 내부에서 어떠한 조건도 없이 스스로 우러나오는 것이거든요. 아무런 조건 없이 주는 것이죠. 이 사람은 성격이 모났으니까 잘해 주지 말자, 저 사람은 착하고 예쁘니까 더 잘해 주자, 이러질 않는 거예요. 그 모든 전제 조건을 떠나 자기 안에서 스스로 우러나 타인을 돕고 사랑을 실천하는 것, 그것이 진짜 사랑이에요."

선생님은 잠시 나를 바라보다가 다시 입을 열었다.

"그런데 사람들은 대부분 그러질 않아요. 그렇기 때문에 관계가 지속적으로 유지되질 않는 거예요. 상대방이 가지고 있던 애초의 조건이 어긋나 버리면 나는 이제 네가 싫어졌다고 말하고 돌아서 버려요. 그것이 무슨 사랑인가요? 남녀 간의 사랑은 점점 감각적이고, 육체적이고, 물질적인 조건들로만 채워지고 있어요. 특히나 젊은 사람들은 이 육체적인 조건이 맞을 때 사랑한다고 착각하는 경우가 많죠. 그것에 '사랑'이라는 말을 갖다 붙이기만 하면 모든 것이 다 쉬워지는 거예요. '사랑해'라고 말하면 상대방은 그것에 대해서 더 이상 따질 수가 없게 돼 버리니까요. 그래서 나는 때때로 '사랑해'라는 말이 하나의 무기와도 같이 느껴져요.

서양 사람들도 사실 '아이 러브 유'라는 말을 그냥 습관적으

로 입에 달고 사는 경우가 많잖아요. 그래서 다들 말끝마다 '아이 러브 유'를 갖다 붙여요. 그러나 나는 사랑이라는 것이 그렇게 쉬운 언어라고 생각하지 않아요. 사랑이 얼마나 위대한 의미를 가지고 있는지에 대해서는 모두 잊어버리고 다들 그냥 쉽게 사랑한다고 말하는 거예요. 더군다나 지금은 다들 휴대전화를 사용하니까, 전화나 문자로도 쉽게 사랑을 전해요. 실제로 상대방의 손을 마주 잡고, 서로의 눈을 바라보며 이야기하지 않아도 되는 세상인 거예요. 이런 말을 쉽게 나누면 물론 듣는 순간에는 기분이 좋을 수 있죠. 그러나 그것이 과연 진짜일까요? 진실한 것일까요? '사랑'이라는 것이 진정으로 일어나는 일 자체부터가 결코 쉽지 않은데…… 설사 일어났다 해도 그렇게 쉽게 전달할 수 없는 것인데……. 다들 사랑한다고 말하면서 상대방을 속이고 또 스스로 속아 나는 거예요. 예쁘게 보이려고 얼굴에 분을 덧바르는 것처럼."

진실이라는 것이, 진짜 사랑이라는 것이 점점 희박해지고 있다는 느낌. 사랑의 진정한 교류가 이처럼 점점 멀어지고 있으니 우리는 더욱 연애를 어렵게 느끼고 있는 건 아닐까. 서로의 진정한 마음과 마음을 마주한 채 사랑한다고 말해도 진실은 전해지기 어렵다. 그런데 전화기에 대고 '사랑해'라고 문자를 보내며 서로의 마음을 확인한다는 건 사실 무척 슬픈 일이다. 진정한 마음을 느끼며 가슴을 열어 나가야 가는 것은……, 도대체 어떤 것일까?

"가슴을 여는 것……. 그것이 인간에게서 가장 중요한 일이라고 나는 생각해요. 사랑이 이야기되려면 서로 간에 가슴을 열었느냐 열지 않았느냐가 가장 중요한데, 다들 가슴은 완전히 닫아 놓은 채로 컴퓨터나 전화기만 열어서 사랑을 나누어요. 그것이 어떻게 진짜 사랑일 수 있어요? 아침에 눈을 뜨는 순간부터 밤에 잠드는 순간까지 항상 휴대전화 화면만 바라보고, 낮에는 종일 컴퓨터 화면을 바라보며 로봇같이 살아가고 있는데……. 그러는 동안에 언제 자신의 가슴을 바라보고 또 열어 보이며 사랑을 느끼고 발견할 수 있겠어요? 진정으로 자신의 가슴을 열어 내부의 감정을 들여다볼 시간이 없는 것이죠. 그래서 애인끼리도 그저 말로만 사랑한다고 말할 뿐, 가슴에서 우러나오는 진정한 사랑을 발견하지 못하는 것이고요."

"하지만 자신의 가슴을 열고, 그 내부를 들여다본다는 것이 우리가 사는 일상 중에 쉽게 행하기는 어려운 일이잖아요. 말씀하셨다시피 다들 기계화된 생활에 익숙하고, 그렇게 생활하지 않으면 생계를 이어 갈 수 없는 현실이니까요……."

"맞아요. 그러니 현실을 살아가는 중에도 끊임없이 이 사실을 인식하고 또 개선하려 노력해야죠. 왜냐하면 무지와 죄악, 전쟁 등은 모두 가슴속에 사랑이 없기 때문에 일어나거든요. 가슴이 열려 있고, 그 안에 사랑이 일어나 있으면 이러한 일들이 일어날 수 없어요. 우선은 자기 스스로 이 사실을 알아차리는 게 가장 중요하고, 그 다음 행할 수 있는 물리적인 방법으로는 테라피가 좋아요. 굳이 돈을 들여 테라피 센터 등을 찾아다니는 것 말고, 우선은 포옹을 하면서 느끼는 거예요. 단순히 사람과 사람 사이 포옹을 이야기하는 것이 아니라……, 지금 우리가 이렇게 음식을 먹는 중에도 음식의 맛을 혀로만 느끼지 말고 가슴으로 느끼며 대상과 하나 될 수 있어야 하는 거예요. 음악을 들을 때에도 그것을 단순히 귀로만 듣는 게 아니라 가슴으로 들어야죠. 그래서 어떠한 소리는 가만히 듣고만 있어도 가슴이 저절로 열리는 것이고요."

일상을 살아가는 중에 일어나는 모든 행위와 만남을 머리로 사고하려는 사람들이 있다. 하지만 이는 가슴으로부터 연결해서 시작과 끝을 맺어야 한다. 어떠한 사물이건 대상이건 사람이건 조심스럽고 소중하게 바라보고 대하는 마음의 태도와 자세가 중요하다는 것이다. 그러한 과정을 통해 진정한 자기 자신과 만나고, 상대방을 만나고, 가족을 만나고, 사회를 만나고, 자연을 만나고, 세계를 만날 수 있는 것이 아닐까.

결혼은 잘 맞는
음식과 같다

흔히 사람들은 결혼하면 사랑이 다 이루어진 것이라 생각한
다. 연애의 승리와 사랑의 완성은 정말 결혼일까? 내가 줄곧 관
심 가져온 화두가 있다면 바로 '결혼'이었다. 나는 이미 통상적
인 '결혼 적령기'라는 것을 지나친 나이였다. 그럼에도 그동안
'결혼'이라는 것을 단 한 번도 진지하게 생각해 보지 못했다. 그
래서인지 '결혼 적령기'라는 말 같은 것도 나와는 아무 관계없
는 이야기로만 여겨질 뿐이었다.

결혼에 대해서 진지하게 생각해 보지 못한 이유는 아무래도
소설 때문이었을 것이다. 스물두 살에 대학에 들어갔던 때부터,
나는 오로지 소설가의 삶을 꿈꾸며 살아왔다. 그러다 스물여덟

살에 등단을 하기까지 나는 그 흔한 연애 한번 안 하고 오로지 소설만 바라보며 살았다.

물론 대학생 때 연애를 할 만한 기회가 아주 없지는 않았다. 하지만 연애를 하려면 돈과 시간 그리고 애정이 필요했는데 나는 그것이 아깝기만 했다.

2010년에 작가로 데뷔하고 난 뒤부터는 그래도 마음에 한층 여유가 생겨 마음에 드는 상대가 나타나면 교제를 나누기도 하는 등 연애에 나름 적극적인 태도를 취했다. 하지만 그렇다고 해도 결혼은 딱히 하고 싶지 않았다. 무엇보다도 결혼을 하면 혼자일 때처럼 자유롭게 소설을 쓸 수 없으리라는 예감이 들었다. 예를 들어 원고 마감일이 코앞인데, 같은 날짜에 시어머니의 생신이 있다거나 명절이 겹쳐 있다면 어찌할 것인가. 그러면 나는 당연히 방구석에 틀어박혀 글을 쓸 것이다. 나에게는 이것이 매우 합리적이고 타당한 일이다. 하지만 이러한 나를 온전히 이해할 가족들이 있을지에 대해서는 의문이 들었다.

또한 가족이 다 함께 살았던 어린 시절 나는 조금도 행복하지 않았고, 그래서 결혼에 대한 기대와 환상을 가지지 않았다. 겉으로는 늘 화목해 보이지만 안에서는 충돌과 불화가 일어날 수밖에 없는 게 가족이었다. 그러한 가족의 테두리가 나에게는 너무 아프고 불편하게만 다가왔다. 스무 살이 되어 부모님이 결국 이혼하고 가족이 모두 흩어져 살면서부터 나에게는 왠지 모를 안정감이 생겼다. 그렇다 보니 나는 '결혼'이라는 것이 내 삶과 미래에 행복 또는 평안을 가져다주리라는 확신을 가질 수 없었다.

결혼에 대한 내 사고가 이렇다 보니, 칠순이 넘은 나이에 국경까지 넘나드는 결혼을 감행한 두 분이 다소 놀랍게 다가왔다. 나는 사세 선생님께 물었다.

"사세 선생님은 결혼하실 때, 확신 같은 것을 가지고 계셨나요? 이 사람과 결혼하면 행복하게 잘 살 수 있겠다는 확신 같은 거요."

그러자 그는 조금 난처하다는 듯한 표정을 지어 보였다.

"그 '확신'이라는 것은…… 그 자체만으로는 대답하기가 좀 어렵네요. '결혼'이라는 것은 상대방을 통해서 이익을 보거나 손해를 보거나 하는 일이 아니니까요. 그리고 어느 날 우리 그냥 평생을 같이 가자, 그럼 행복할 거다, 하는 식의 확신이라는 게 실제로 존재하는지에 대해서도 나는 잘 모르겠어요. 그러한 '확신'이라는 것을 가지고 결혼하는 사람들은 본인들이 가지고 있는 그 '확신'이 어쩌면 허상이나 망상일 수도 있다는 점을 알 필요가 있어요. 대부분의 사람들이 그 '확신'이라는 것을 가지고 결혼하기 때문에 많은 조건들을 따져 보곤 하죠. 재산과 집안, 사회적 지위 같은 것이 안정적이어야 행복할 수 있다고 확신하고 있으니까요. 하지만 홍신자 선생과 나는 그런 것 없이 그저 자연스럽게 결혼을 했어요."

결혼에 대한 확신……. 이 사람과 삶을 함께 이어 나가면 보다 행복해질 것 같다, 이 사람과 함께 있으면 평안해질 것 같다는 기대와 믿음이 사실은 다 망상일 뿐일까? 그것이 설사 허상과 망상에 지나지 않는다 할지라도, 그러한 망상 없이 결혼을 한다는 게 가능할까?

"사실 독일 사람들은 아주 오래전부터 조건이 아닌 사랑을 근거로 결혼을 했어요. 하지만 한국에서는 연애결혼 문화가 자리 잡은 지 얼마 되지 않았죠. 과거에는 부모님이 미리 정해 놓은 집안과 정략결혼 하는 사람들이 대부분이었고, 현대에 들어서도 부모님의 의견에 따라 결정하는 중매결혼을 많이 해요. 나는 한국의 이러한 중매결혼 문화에 대해서 개인적으로는 조금 부정적이었어요. 그런데 독일과 한국을 계속 왔다 갔다 해 보니 두 나라의 문화를 모두 객관적으로 바라보게 되는 시선이 생기더라고요. 그 두 가지 모두에서 이상한 점을 느끼게 되었죠. 사랑에 빠진 상태로 결혼하는 것, 그 또한 실은 굉장히 바보 같은 일이었어요. 이성이 아닌 감성, 머리가 아닌 마음으로만 반응해서 결혼하는 것이니까요. 그래서 막상 결혼을 하고 보면 대개는 얼마 지나지 않아서 상대방에게 실망하거나 싫증을 느끼게 돼요. 좋아서 결혼해 놓고 갑자기 왜 그러느냐고 물으면 그때는 너무 정신없이 결혼을 했다고 말하는 거예요. 사랑을 통해 느꼈던 '확신'이라는 것도 사실은 그 자체로 아무런 근거 없는 환상이거나 허상일 뿐이었죠."

그렇다면 반대로 부모의 뜻에 따라 정략결혼이나 중매결혼을 한 경우는 어떨까? 사세 선생님은 이 결혼의 형태가 사랑을 해서 결혼한 것과 다르게 비교적 실망이나 싫증을 적게 느껴 가정을 유지하는 데에는 도움이 될 수도 있다고 설명했다. 결국 양쪽 모두에 장점과 단점이 있다. 그는 결혼에는 확신이 필요하다거나, 연애결혼이 더 좋다거나 하는 식의 구별이 더 문제라고 강조했다.

"홍신자 선생과 내가 결혼할 때에는 그러한 확신 혹은 조건을 따라서 한 게 아니에요. 요즘에는 연애를 하더라도 서로의 학력과 재산, 직업 등을 따져 보고 그에 맞춰서 결혼하는 경우가 많잖아요. 하지만 홍신자 선생과 내가 결혼할 적에는 재산이나 학력에 대한 이야기가 전혀 오가지 않았죠. 심지어 나는 홍신자 선생과 결혼한 지 1년이 지나서야 그녀가 대학원 박사 학위를 가지고 있다는 사실을 알았어요. 우리는 상대방의 학력하고 결혼하는 것이 아니라 그 사람과 결혼하는 것이잖아요. 학벌 좋은 사람과 결혼한다고 해서 그 학벌이 내 것이 되는 게 결코 아닌데, 어째서 다들 학벌을 따지는지 알 수가 없어요. 또한 재산 여부에 대해서도 굳이 따져 볼 필요는 없었어요. 둘 다 나이 칠십이 다 되도록 한 번도 밥 굶지 않고 잘 살아왔으니, 각자 먹고살 만큼은 충분하다 싶었죠. 그래서 그런 것에 대해서 서로

한 번도 따져 보거나 이야기하지 않은 거예요."

　주문했던 야채수프가 나와 우리는 잠깐 대화를 멈췄다. 각각 토마토와 시금치, 버섯을 넣고 만든 수프였다. 갓 끓여 낸 수프는 따뜻하고 부드러웠다.

　"나도 궁금한 것이 있어요." 사세 선생님이 말했다. "혜나 씨는 가장 좋아하는 음식이 뭐예요?"

　"저요? 음…… 가장 좋아하는 음식은, 아무래도 이렇게 야채를 넣고 끓인 국이나 찌개 종류인 것 같아요. 한국에서는 감자, 애호박, 두부만 넣고 끓인 된장찌개를 자주 먹거든요."

　"그게 왜 좋은데요?"

"음…… 그냥……, 글쎄요. 먹으면 일단 속이 참 편해요. 다른 음식보다 소화도 훨씬 잘 되고, 제 몸에 잘 맞는 것 같아요."

그러자 사세 선생님이 씨익 웃어 보였다.

"바로 그거예요. 결혼은 그렇게 하나가 되는 것이지요. 결혼이 내 삶에 행복을 보장해 준다는 확신 같은 것 없이 그냥 자연스럽게 결합하는 거예요. 자기도 모르게 자주 먹게 되는 음식이 곧 좋아하는 음식이고, 그렇게 좋아하는 음식과 내 삶의 많은 시간을 함께하게 되는 것처럼, 사랑하는 사람과도 그저 자연스럽게 많은 날을 함께하는 것뿐이에요. 그 외에 다른 건 없어요. 그런데 많은 사람들이 결혼할 때에 너무 낭만주의적인 환상 혹은 현실주의적인 조건에만 사로잡혀 있어요."

"잘 맞는 음식……."

나는 혼자 웅얼거리듯 말했다. 사랑하는 사람을 자주 먹는 음식에 비유한다는 것이 굉장히 생소했지만 곰곰이 생각해 보니 그 둘의 속성이 매우 비슷하게 다가왔다. 자극적이고 화려한 요리보다 그저 소박한 밥상 앞에 더 이끌리는 것은 내 위장의 기능이 그리 좋지 못한 까닭이었다. 양념을 많이 사용하지 않은 순수하고 소박한 음식들은 언제나 소화가 잘 됐고, 그렇게 매일, 내 안에서, 나와 하나가 되었다.

자유보다 복종이
더 좋은 이유

　자유의 상징으로 불린 홍신자. 그는 오래도록 자유로운 영혼으로서 자신의 삶을 개척해 온 하나의 랜드마크다. 그런 그가 2010년 칠순의 나이에 결혼식을 올렸다는 기사를 접했을 때는 사실 많이 놀랐다. 결혼이란 자유로운 삶을 박탈하는 하나의 사회적 제도일 수도 있는데, 자유에 대한 상징으로 일컬어지던 그가 어째서 굳이 결혼이라는 제도권 속으로 자신을 밀어 넣었을까? 결혼 때문에 자신의 자유로운 삶을 박탈당할까 두렵지는 않았을까?

　"홍신자 선생님의 첫 책인 『자유를 위한 변명』을 보면 선생님은 아주 어린 시절부터 '결혼 따위는 하지 않을 거야.'라고 결심해 왔다고 하셨는데요. 물론 사랑하는 상대와의 합일은 더 크고 자유로운 세계와의 합일을 이루는 관문이 될 수도 있지만, 칠순이라는 나이에 구태여 결혼, 그것도 재혼을 통해 사회문화적인 제도권 안으로 들어가신 까닭이 있으실지 실은 늘 궁금했어요."

"자유……."

홍신자 선생님은 앞에 놓인 야채수프와 함께 '자유'라는 말을 가만히 곱씹었다. 그리고 말을 이었다.

"그래요, 첫 책인 『자유를 위한 변명』을 내고 난 이후 내 이미지는 줄곧 자유의 상징처럼 굳어져 있지요. 그렇지만 그것이 또 하나의 고정관념이자 편견으로 자리매김한 면도 있다고 생각해요. 나에게는 사실 '내가 이 사회에서 지금까지 이렇게 살아왔으니 이것을 절대 깰 수 없다, 반드시 지켜 나가야 한다.' 하는 부분이 하나도 없어요. 물론 나는 예나 지금이나 인간이 '결혼'을 꼭 해야만 한다고 주장하는 편은 아니었지요. 다만 나는 그 환경에 순응하는 방식을 아주 중요하게 여기고 있어요. 『자유를 위한 변명』에도 이미 이야기했지만, 나는 그 책을 쓰기 이전까지는 '글'이라는 것을 전문적으로 써 본 일 없는 사람이었어요. 그래서 나는 산문집 출간 제의를 거절할까 했죠. 하지만 그 당시 그런 기회가 나에게 온 것을 군이 거부해야 할 이유를 찾을 수 없기도 했어요. 주어진 상황에 순응하는 것, 순리를 거스르지 않는 것, 그것이 내가 이 삶을 살아가는 한 방식이기도 하지요. 대부분의 사람들은 '자유'를 마치 순리에 대한 거부 혹은 반항으로 인식하고 있기도 해요. 하지만 그것은 잘못된 인식이에요. 과거에 결혼을 할 적에도 나는 그 당시 나에게 일어난 모든 상황에 충실하고자 했고, 모든 일에 순응하고자 했죠. 그때 나는 임신을 했고, 결혼 그 자체를 원하기도 했어요. 그때 일어난 나의 변화와, 상황의 변화…… 그 모든 부분을 온전히 받아들이고 복종한 것이지요."

그의 삶에서는 베르너 사세와의 결혼도 마찬가지였다. 사세와의 결혼이 이 사회에서 규정해 놓은 가부장제적인 결혼이었더라면 결코 결혼하지 않았을 거라고 말했다.

"나는 이미 나이가 많은 사람이고, 혜나 씨 말과 같이 가벼운 새처럼 자유롭게 날아다니고 싶은 이 시기에 구태여 가부장제에 종속되는 결혼을 할 필요는 없죠. 그렇지만 우리는 아주 편하고 사랑스러운 친구이자 동반자예요. 막상 이 나이가 되어 보니 혼자 있는 것보다는 누군가와 함께 있을 때가 더 즐겁고, 누군가와 함께 있는 시간에 더 커다란 의미를 느껴요. 가까운 곳에 산보를 나가더라도 젊었을 적에는 '나는 오로지 혼자 있고 싶어. 혼자서 편하고 자유롭게 모든 순간을 느끼고 싶어.'라고 생각했는데, 나이가 드니까 내 옆에 누가 있으면 더 좋겠다는 생각이 자주 떠오르더라고요."

이내 주문한 음식이 나오기 시작하며 금세 상이 차려졌다. 먹음직스러운 마살라 커리와 야채샐러드, 인도식 빵인 난과 짜파티 등으로 차려진 푸짐한 밥상이었다. 선생님은 허브와 함께 반죽해 화덕에서 구워 낸 난을 뜯어 나에게 먼저 맛보라며 건네주었다. 나는 선생님이 건네는 난 위에 마살라 커리를 잔뜩 올려 먹기 시작했다. 곧이어 사세 선생님께도 난을 뜯어 건네주며 천천히 들라고 이야기했다.

"선생님도 좀 드세요."

나는 입안 가득 물고 있던 난과 커리를 꿀꺽 삼키고 선생님들을 향해 말했다. 그제야 홍신자 선생님이 난을 조금 찢어 접시에 올리고 그 위에 커리를 덜었다.

"사실 밥을 먹는 일도 그래요. 사람이 혼자 있다 보면 끼니도 그냥 대충 때우고 마는데, 함께하는 상대가 있으면 식사 시간이나 메뉴에 대해서 아무래도 신경을 더 쓰게 되지요. 그러다 보니까 음식도 영양가 있는 것으로 균형감 있게 구성하고, 너무 많이 먹거나 적게 먹는 일 없이 제대로 먹는 거예요. 그래서 누군가와 함께 사는 게 나에게 피해나 불편이 되기보다는 좋은 면이 훨씬 많아요. 살림도 사실 혼자서 하다 보면 청소를 자꾸 미룬다거나 정리정돈도 대충 하게 마련이지만, 상대방이 있을 때에는 서로에 대한 배려를 먼저 하게 되어 공간을 함부로 사용하거나 더럽히지 않게 되죠. 우리는 어느 한쪽, 이를테면 여자만 남자를 배려하는 게 아니라 서로 똑같이 배려하는 습관이 배어 있어요. 식사를 준비할 적에 요리는 주로 내가 하지만 설거지는 사세 선생님이 하는 것처럼. 그러다 가끔 사세 선생님이 먹고 싶은 게 있다고 할 적에는 본인이 직접 요리를 하고, 그럼 나는 또 상차림과 설거지를 돕죠. 이렇게 나이가 들어 보니 혼자보다는 함께가 좋고, 그게 더 자연스럽게 느껴져요."

© 최아영

홍신자 선생님이 결혼식을 올리고 난 뒤, 주변에서는 그에게 실망하고 돌아서는 사람들도 있었다. '저 나이에 무슨 결혼일까?'라며 그의 결혼을 세속적인 통념의 가치로 바라본 것이다. 아니면 질투였을지도 모를 일이지만, 그는 자신에게 등을 돌

리고 떠나가는 사람들에게서 안타까움을 느끼기도 했다. 남녀
가 만나서 함께 살아가는 것은 매우 자연스러운 현상일 뿐이다.
오히려 반려자와 함께 있지 못할 때 인간은 무언가 부족한 상태
이고, 문제가 있는 상태일 수도 있다. 뭔가 채워지지 않은 상태
라고 해야 할까. 인간은 혼자 있을 때 '하나'인 것이 아니라 둘이
함께 있을 때 비로소 진정한 '하나'가 된다.

"혼자일 때는 그 '하나됨'의 합일과 충만을 알기 어렵죠. 양
과 음, 빛과 어둠, 남과 여…… 그 모든 것을 인정하고 받아들여
야 해요. 혼자라는 것, 혼자 있는 것, 그 모든 것이 사실은 일종
의 에고였어요. 나 혼자 다 할 수 있어, 나 혼자의 힘으로 해내야
만 해, 나는 독자적이야, 그러므로 나랑 맞는 사람은 있을 수 없
어, 하면서 타협하지 않는 사람들이 많잖아요. '불편'은 대개 타
인과 타협하지 못할 때 느껴져요. 타협이 되면 사실 모든 게 편
안하거든요. 그러나 대부분 타인과의 합일이나 타협보다는 자
기의 에고를 더 내세우게 돼요. 우리는 그것을 깨야만 해요. 불
편이라는 것은, 자기 마음대로 못 할 때 불편한 게 아니에요. 결
혼이라는 세속적인 타이틀 때문이 아니라, '함께한다'는 것, '투
게더together'의 의미를 정확히 모르기 때문이에요."

그들은 일반적이고 세속적인 형태의 결혼식이 아닌 일종의
의식으로서 웨딩 세리머니를 올렸다. 모두 함께 기뻐하고 즐거
워하는 결혼식을 올림으로써 많은 이들의 머릿속에 박힌 하나

의 고정관념을 깨트리는 계기를 만들고 싶었다. '저 나이에 무슨 결혼식이야? 그냥 조용히 살지.' 하는 식의 사회적 통념을 깨트리고 '아, 저 나이에도 새롭게 살 수 있구나.'라는 용기와 희망을 함께 가져가려 했다. 그들은 둘이 하나가 됨으로써 인간의 존재가 비로소 새로워지는 것이라는 점을 강조했다. 사세 선생님이 계속 말했다.

"그래서 우리는 일반적인, 세속적인 형태의 결혼식은 아닌, 일종의 의식으로서 웨딩 세리머니를 올렸어요. 모두 함께 즐거워하는 형태로 말이죠. 그렇게 결혼식을 올림으로써 많은 사람들의 머릿속에 박힌 하나의 고정관념을 깨트릴 수 있었다고 생각해요. '저 나이에 무슨 결혼식을 해. 그냥 조용히 살지.' 하는 식의 사회적 통념을 깨트리고 '아, 저 나이에도 새롭게 살 수 있구나.'라는 용기와 희망을 함께 가지고 가고 싶었어요. 둘이 하나가 되어 인간은 비로소 새로워지는 거예요. 일종의 리뉴얼 Renewal이라고 할 수 있죠."

'결혼식'이 아닌 하나의 '의식' 그리고 리뉴얼…….

앞에 놓인 음식을 천천히 비우자 음식은 내 안으로 다시 스며들어 갔다. 식사를 마친 우리 앞에 따끈한 마살라 티와 커피가 놓였다. 홍신자 선생님이 앞에 놓인 찻잔의 테두리를 손으로 빙 두르며 혼잣말 하듯 읊조렸다.

"남들은 자유를 사랑한다지만……, 나는 복종을 좋아해요."

사세 선생님과 나는 동시에 홍신자 선생님을 바라보았다. 홍신자 선생님은 그 시선에 화답하듯 나를 보며 물었다.

"이 시 아세요?"

"그럼요. 만해의 시 「복종」이요. '자유를 모르는 것은 아니지만, 당신에게는 복종만 하고 싶어요.'"

"맞아요. 만해는 복종이 아름다운 자유보다도 달콤하다고 노래했어요. 나는 개인적으로 '내맡김Surrender'이라는 단어를 참 좋아하거든요. 사람들은 내가 마치 '자유'의 표상이라도 되는 것처럼 생각하고 있지만, 나는 사실 이 '내맡김' 속에 더 크고 진정한 자유가 있다고 생각해요. 자유는 앞서도 말했듯 자기 자신을, 자기 스스로 '내맡김'하는 것이죠. 그렇게 '내맡기'면 상대방과 문제가 있을 수 없어요. 환경에 내맡김, 상황에 내맡김……. 그렇게 하다 보면 진짜 평화가 찾아와요. 다들 진심으로 '내맡기'지 못하기 때문에 진정한 평화를 맞이할 수 없는 거예요. '내맡김'은 주로 '복종'이라고도 번역되는데, 복종이라는 단어는 어감이 너무 강한 것 같고…… 내 느낌에는 '순응' 정도가 아닐까 싶어요. 서로가 서로에게 '순응'하면 오로지 평화만 존재하게 돼요. 그래서 이 '순응'의 의미를 정확히 알고 행하는 것이 아주 중요한데…… 다들 그걸 잘 못하고 어려워해요. 다들 아는 게 너무 많고 에고가 강하니까 아무래도 타인 혹은 현실에 순응하지 못하죠."

내맡김, 복종, 순응, '나'라는 에고……. 내가 붙잡고 있던 모든 것을 내려놓고 진짜 나와 당신 그리고 현실에 온전히 순응할 수 있을까? 그렇게 되면 나도 결혼을 하고 아이를 낳아 가정을 꾸리며 살아가고 싶은 마음이 들까? 평화롭지 못할까 봐, 자유롭지 못할까 봐 두려워하던 '나'는 모두 사라지고, '순응'을 통한 진정한 평화와 자유의 세계 속으로 회귀할 수 있을까? 나는 알수 없었다. 앞에 놓인 찻잔을 들어 차를 한 모금 들이마셨다. 차는 어느덧 미지근한 온도가 되었다. 너무 뜨겁지도 차갑지도 않은……. 나는 찻잔을 내려놓고 사세 선생님을 향해 물었다.

"그럼 두 분은 재혼 과정에서 겪으셔야 했던 어려움이나, 결혼 생활에서의 불편함 같은 것은 전혀 없으셨어요?"

"불편함이라…… 글쎄요, 나에게는 '불편'이라는 개념 자체가 좀 어색하네요. 군이 찾아보자면, 기존에 가지고 있던 자기만의 습관을 좀 변화시켜야 하는 어려움이라든가 불편함이 뒤따를 수는 있어요. 결혼을 하면 아무래도 혼자 살 때와는 많은 부분이 달라지게 마련이잖아요. 지금까지 해 오던 것을 그대로 다 할 수만은 없으니까요. 그래서 결혼을 하면 '이전의 나'로부터 조금은 변해야 해요. 혼자서 해 오던 모든 습관을 극복해 나가야 하죠. 그런데 그것은 '불편'이라고 할 수도 있고 '불편'이 아니라고도 이야기할 수 있어요. 나에게는 그것이 불편하고 싫은 일이 아니라, 그저 당연한 일로만 여겨졌어요. 그것은 불편이라기보다는, 약간의 '배려' 같죠. 홍신자 선생과 나는 분명히 다른 사람이에요. 직업도, 생활도, 생각도, 아주 많이 달라요. 그것이 어떤 면에서는 불편일 수 있지만 다른 면으로 바라보면 아주 재밌는 일이기도 해요. '나'라는 존재가 진화해 나가는 과정 속에서 하나의 불편이 될 수는 있겠죠. 그러나 그 불편은 결코 나쁘지 않아요."

"선생님에게는 '나쁜 것'도 '좋은 것'으로 바라보고 인식하는 힘이 있으세요. 저는 아무리 생각해도 남과 함께 산다는 게 영 불편하게만 느껴지는데 말이에요."

내가 웃으며 가볍게 이야기하자, 사세 선생님은 새하얀 수염을 쓰다듬으며 너털웃음을 지어 보였다.

"허허. 그런가요. 그럼 이렇게 한번 생각해 보세요. 혜나 씨는 작가니까, 이 삶과 현실 그리고 사람들을 깊이 바라보고 관찰해야 하잖아요. 그때 혜나 씨는 자신이 가진 두 개의 눈으로 그 모든 것을 바라보겠죠. 그런데 자신의 짝을 만나 결혼을 하면, 그 세계를 네 개의 눈으로 바라볼 수 있어요. 나는 그게 참 재밌어요. 누군가와 함께한다는 것, 그리고 눈이 네 개가 된다는 사실만으로요."

남을 의식하는 시선 밖에는
자유가 있다

폰디체리에 위치한 스리 오로빈도 아쉬람에 갈 시간이 되어 우리는 그만 식당에서 나왔다. 그리고 식당 앞 삼거리에 서서 전날 미리 예약한 택시가 오기를 기다렸다. 그런데 약속한 시간이 한참 지났는데도 택시는 좀체 올 기미가 보이질 않았다. 매번 택시를 예약해 놓아도 이렇게 늦는 일이 잦았다.

이렇게 여유롭고 느리게 행동하는 것은 더운 나라의 특징인 것도 같았다. 과거에 우리나라는 농경사회였고, 농업은 기후의 영향을 많이 받으니 뭐든 제때에 바로바로 해야 했다. 때를 놓치기 전에 씨를 뿌려야 하고, 모를 심어야 하고, 곡식을 거두어야 하고, 겨울을 준비하다 보니 뭐든 빨리빨리 하는 습관이 생겨난 것이 아닐까. 외국인들이 우리나라에 와서 가장 놀란 점 중의 하나로 '빨리빨리' 문화를 손꼽은 걸 보면 이곳과 많이 다른 걸 알 수 있다. 여기는 사철 여름이니 언제든 씨를 뿌리고 곡식을 거둘 수 있다. 가만히 내버려 둬도 언제든 꽃이 피고 열매가 맺히고……. 그러다 보니 일처리는 다소 늦지만 언제나 여유가 있다는 점만큼은 참 부럽게 느껴졌다.

골목 안으로 오로빌 택시가 들어오는 것이 보였다. 이내 도착한 택시를 타고 우리는 오로빌 지대를 빠져나갔다. 그렇게 삼십여 분 정도 달려가자 곧 폰디체리 시내가 나왔다. 오로빌이 영성 생활을 중심으로 한 이들이 모여 살아가는 자그마한 마을이라면, 폰디체리는 온갖 상점과 관공서, 병원, 성당, 아쉬람, 레스토랑 등이 즐비해 있는 크고 화려한 도시였다. 큰 도로를 지나 조그마한 상점이 줄줄이 늘어선 골목길에 접어들었다. 그리고 우리는 곧 스리 오로빈도 아쉬람 앞에 도착했다. 다시 오로빌로 돌아가는 시간을 택시 기사와 확인한 뒤 차에서 내렸다.

오로빈도 아쉬람은 입장하는 시간이 정확하게 정해져 있었다. 입장하려면 아직 한 시간여 정도가 남아 있어 우리는 잠시 길을 걸으며 주변을 둘러본 후 바닷바람을 좀 쐬기로 했다.

인도식 장신구와 장난감을 파는 거리의 상인을 지나쳐 걸어나갔다. 길 끝에 다다르니 제방 너머로 바닷물이 넘실거리고 있었다. 다소 어두운 색의 바다…… 그리고 바람. 나는 시선을 돌려 선생님 두 분을 바라보았다. 온몸으로 바람을 맞으며 바다를 향해 서 있는 두 분의 모습에 왜 이토록이나 시선이 가닿는 것일까? 사세 선생님은 제방의 돌무더기 사이를 걸으며 뭔가 재미있는 것이나 색다른 것이 없는지 살펴보는 듯했다. 그리고 홍신자 선생님은 한자리에 꼿꼿이 서서 조금도 움직이지 않았다. 불어오는 바닷바람을 온전히 맞으며 그저 가만히 서 있었다. 그 바람에 선생님의 옷자락이 펄럭이고 머리카락이 휘날렸지만 몸체는 조금도 움직이지 않았다. 마치 태초부터 그 자리에 붙박여 있던 존재인 양, 아무런 말도 행동도 없이 그저 홀로 존재하는 사람인 양.

나는 그만 몸을 돌려 둑길을 걸어 나갔다. 가느다란 철사를

엮어 만든 만다라 장난감을 파는 상인이 나에게 다가왔다가 또 멀어져 갔다. 그런 이들을 구경하는 사이 어느새 두 분 선생님이 나에게 다가와 그만 가자고 말했다.

우리는 잠시 카페에 가기로 했다. 그러나 아쉽람 근처에는 갈 만한 카페가 보이질 않고, 조그마한 매점 혹은 휴게소 같은 곳만 보였다. 과일 주스나 마살라 티 정도를 파는 듯했으나 흙먼지 날리는 길가에 놓인 간이 의자에서 음료만 마신 뒤 서둘러 일어나야 하는 곳이었다. 차분하게 앉아 차와 음료를 마시고 이야기 나누며 쉬어 가는 공간으로서의 서구식 카페는 찾아보기 어려웠다. 그래서 우리는 그저 막연히 폰디체리 시내를 계속 걸어 나갔다.

거리를 걷는 동안 내 시선을 잡아끄는 것은 길바닥 위에서 살아가는 사람들의 모습이었다. 갈비뼈가 고스란히 드러나 보일 정도로 비쩍 마른 체구의 노인은 하얀색 팬티 바람으로 보도블록 위에 누워 잠을 자고 있었다. 길바닥 위에 쪼그리고 앉아 바나나 잎을 펼쳐 둔 채 손으로 음식을 먹으며 끼니를 때우고 있는 사람들도 곳곳에 눈에 띄었다. 인도에 오기 전부터 풍문으로 익히 들어 온 풍경이기는 했다. 인도에는 거지가 워낙 많아 다들 길에서 밥을 먹고 잠을 자면서 살아간다고.

하지만 막상 그러한 사람들의 모습을 실제로 보니 슬픔이나 고통의 흔적은 찾아볼 수 없었다. 그렇다고 해서 그들이 기쁘고 즐겁고 평화로운 에너지를 전해 주는 것은 아니었지만, 괴로워하거나 절망하는 듯한 인상 또한 없었다. 뭐랄까, 그들은 자유로워 보이기까지 했다.

> 어릴 적 어머니 따라 파밭에 갔다가 모락모락 똥 한무더기
> 밭둑에 누곤 하였는데 어머니 부드러운 애기호박잎으로
> 밑끔을 닦아주곤 하셨는데 똥무더기 옆에 엉겅퀴꽃
> 곱다랗게 흔들릴 때면 나는 좀 부끄러웠을라나 따끈하고
> 몰랑한 그것 한나절 햇살 아래 시남히 식어갈 때쯤 어머니
> 머릿수건에서도 노릿노릿한 냄새가 풍겼을라나 야아— 망 좀
> 보그라 호박넌출 아래 슬며시 보이던 어머니 엉덩이는 차암
> 기분을 은근하게도 하였는데 돌아오는 길 알맞게 마른 내 똥
> 한무더기 밭고랑에 던지며 늬들 것은 다아 거름이어야 하실
> 땐 어땠을라나 나는 좀 으쓱하기도 했을라나
>
> 양변기 위에 걸터앉아 모락모락 김나던 그 똥 한무더기
> 생각하는 저녁, 오늘 내가 먹은 건 도대체 거름이 되질 않고
>
> — 김선우, 「양변기 위에서」

언젠가 김선우 시인의 시집을 읽다가 '우리는 왜 길 위에서 똥 한번 마음대로 못 싸며 살아갈까.'라는 생각을 한 적이 있다.

과거에 우리가 시골에서 살 적에는 밭고랑 사이 소변을 보거나 똥을 싸도 아무도 뭐라고 하지 않았다. 오히려 내 몸에서 나온 그것이 자연으로 돌아가 싹을 틔우고 열매를 맺고 우리가 다시 흡수하는 거대한 순환을 이루었다. 하지만 우리가 살아가는 곳은 그렇지 않았다. 길가의 보도블록 위에 앉아 도시락을 먹는 일도 흔치 않았다. 하물며 보도블록 위에 널브러져 잠을 자고 있으면 사람들이 수군대다 못해 곧 경찰이 신고를 받고 달려와 음식물 쓰레기를 처리하듯 실어 가기 마련이었다. 하다못해 공원 벤치에조차 사람들이 드러눕지 못하게 하려고 철심을 뚝뚝 박아 놓는 사회였다. 아무도 그러면 안 된다고, 하지 말라고 드러내 놓고 말하는 이는 없지만, '저 사람 뭐야, 왜 저래?'라며 인상을 찌그리고 나를 쓰레기 보듯 바라볼 것만 같은 사람들의 시선이 도시에는 분명히 존재했다. 나는 그 시선이 두려워 언제나 어디서나 내 마음대로 자유롭게 말하고 행동하지는 못했다. 그런데 이곳 인도에는 그렇게 남을 바라보는 시선 혹은 남을 의식하는 시선 자체가 아예 존재하지 않았다. 모든 것이 그저 있는 그대로 존재할 뿐, 옳거나 그르다는 식의 기준을 들이대며 대상을 판단하지도 않는다. 이것은 뭘까? 내가 소속되어 있던 사회는 이러한 이들을 '잉여'라고도 부른다. 남들이 해야 할 일을 하지 않는 존재. 생산적인 것이 목표가 아닌 원하는 대로 자신을 놓아두는 것. 그러나 이것이야말로 '자유' 혹은 '해방'이라고 부를 수 있는 해탈의 상태는 아닐까?

쉬운 결합은 있어도
쉬운 이별은 없다

폰디체리는 한때 프랑스의 식민 지배를 받은 곳이다. 그래서 인지 곳곳에 프랑스식 건축물이 자리를 잡고 있었다. 은행이나 경찰서 등의 관공서 건물은 물론 오래된 성당과 식당 중 프랑스식 건축물로 보이는 곳이 많았다.

홍신자 선생님과 함께 골목을 돌아 거리로 나오니 커다란 프랑스식 레스토랑이 보였다. 안으로 들어가니 울창한 아름드리 나무가 이어진 정원의 탁자 앞에 사세 선생님이 앉아 있었다. 맥주를 마시며 책을 읽고 있던 사세 선생님은 우리를 보더니 환하게 웃으며 자리에서 일어났다. 그러고는 자리를 옮겨 안으로 들어가 앉자고 말했다. 선생님의 말에 따라 우리는 조금 더 안쪽의 자리로 들어가 앉았다. 이 레스토랑 음식이 좋다고 소문이 나서 찾아온 것인데, 지금은 휴식 시간이라 요리를 주문할수 없었다. 별수 없이 사세 선생님은 차가운 맥주를 한 병 더 주문했고, 홍신자 선생님과 나는 시원한 샴페인을 한 잔씩 주문해마시며 더위를 식히기로 했다.

주문을 마친 뒤 잠시 화장실에 다녀와 보니 두 분이서 영어로대화를 나누고 있었다. 두 분 선생님들은 간단한 대화는 주로한국말로 하고, 긴 대화를 나눌 적에는 영어로 했다. 제법 진지한 이야기를 나누는 모양인지 나로서는 다 알아듣기 어려운 내용의 대화였다. 갑자기 대화에 끼어들기도 머쓱해 나는 혼자 식당의 정원을 돌아다니며 사진을 찍고, 햇볕에 숙성 중인 인도식피클 아짜르를 맛보기도 했다. 그러고 다시 자리로 돌아와 앉으니, 사세 선생님께서 나를 빤히 바라보며 "비밀 이야기는 아니었어요."라고 말하며 한쪽 눈을 찡긋했다. 영어를 잘 알아듣지못하는 내가 공연히 소외감을 느낄까 싶어 마음이 쓰인 모양이었다. 내가 "아니에요. 저는 아무렇지도 않은걸요."라고 대답하자 선생님은 다시 "아이들 이야기를 잠깐 하고 있었어요. 조금전에 예전 아내에게서 아이들 문제로 전화가 왔거든요."라고 말하며 앞에 놓인 맥주잔을 들었다. 그러자 옆에 계신 홍신자 선생님께서 사세 선생님의 이야기를 해 주었다.

"사세 선생은 스물두 살에 클래스 메이트랑 연애결혼을 했어요. 그렇게 결혼해 살면서 낳은 아이가 일곱 명이었고, 입양도 한 명 해서 총 여덟 명이나 되었죠. 두 사람은 아이들을 기르는 데에 굉장히 많은 시간과 에너지를 쏟았다고 해요. 그렇게 독일에서 쭉 살다가 15년 전에 이혼했고요."

"그럼 이혼하는 과정에서 어려움이나 불편함 같은 것은 없으셨어요?"라고 묻자, 사세 선생님께서 먼저 대답했다.

"이혼한 아내와 나는 아이들을 모두 키운 다음에 각자의 길로 가기로 했어요. 벌써 15년이나 되었지요. 예전 아내와는 가끔 이렇게 통화하고, 만나기도 하는 편안한 사이로 지내요. 그건 결혼 생활 중에도 마찬가지였어요. 그때도 우리는 아이들 일을 제외하고는 서로에 대해서 특별히 구속하지 않고 편하게 생활했거든요. 그러다 내가 한국학을 공부하기 시작하면서 한국으로 가고 싶어 했고, 아내는 독일에서 계속 살 생각이다 보니 자연스럽게 이혼 이야기가 나왔어요. 나는 굳이 이혼을 할 필요가 없다고 이야기했지만, 아내가 원한다면 싸우지 않고 그 뜻을 받아들여야 한다고 판단했어요."

"그래도 이혼 후에 대개는 서로 불편해지거나 소홀해지게 마련인데, 어떻게 그렇게 관계를 잘 유지해 오셨어요?"

"예전 아내와 지금의 나는 아이들의 일로 함께 이야기하거나 토론을 하는, 편한 친구 같은 관계예요. 그와의 관계는 앞으로의, 미래의 관계가 아니라, 이미 지나간 과거의 관계지요. 그러니 서로 얼굴을 붉히거나 싸울 필요가 전혀 없어요. 관계 그 자체, 그것은 이미 다 지나갔으니까요. 하지만 아직까지도 애들을 함께 키우고 있으니 항상 이야기를 나누죠. 나는 이 모든 상황을 그냥 자연스럽게 받아들여요. 가족, 혹은 부부가 함께 살거나 따로 사는 것에 큰 의미가 있다고 생각하지 않거든요. 그것에 큰 의미를 두지 않으니 좋거나 나쁜 것이 딱히 있을 수 없죠. 결혼이 남녀의 자연스러운 합일 과정이라면 이혼 또한 억지스럽거나 불편할 이유가 전혀 없다고 생각해요. 아이들이 어렸을 적에는 부모와 함께 살아가지만 다 크고 나면 집을 떠나 부모와는 다른 자신만의 길을 가게 되잖아요. 그렇게 서로에게 얽매이지 않고 자기 자신의 삶을 사는 건 매우 자연스러운 일이죠. 부부 관계에서도 때가 되면 헤어질 수 있는 거라고 생각해요. 내적인 관계는 이미 끝이 났는데 억지로 붙잡고 놓지 않고 겉으로만 좋아 보이는 허울뿐인 부부로 사는 것이 오히려 더 부자연스러운 일이죠."

"사랑에 대해서라면, 나는 그것이 옮겨 갈 수도 있는 거라고 생각해요."

가만히 듣고 있던 홍신자 선생님도 이야기하기 시작했다.

"불처럼 거세게 타오르는 사랑도, 강처럼 잔잔하게 흐르는 사랑도 결국에는 끝이 나는 경우가 많아요. '끝'이 있다는 것은 그 '다음'이 또 존재하고 있다는 것이거든요. 우리는 계속 '다음'의 상태로 넘어가는 게 당연하고요. 그런데 이런저런 조건 때문에, 상황 때문에 억지로 관계를 유지하며 '다음'의 상태로 나아가지 못하는 것은 오히려 서로에 대한 죄악이지 않을까요? 어찌 보면 하나의 속임이기도 하고요. 한국에서는 그런 커플을 많이 봤어요. 참 이상적인 커플이다, 서로 정말 멋지게 사랑하고, 좋아 보인다, 화목해 보이는 가정이다 했는데…… 알고 보면 한지붕 밑에서 서로 다른 방을 쓰고, 한마디 말도 나누지 않으며 살아가는 경우가 많더라고요. 서로 사랑하지도 않으면서 한집에서 같이 사는 것은, 싫은데 억지로 참으면서 사는 것이지요. 그러한 사람들의 실상에 많이 놀라곤 했어요."

어째서였을까. 이제껏 살아오는 동안 타인에게는 한 번도 꺼내지 않았던 어린 시절의 이야기가 내 안에서 뭉툭 솟아올랐다.

"어릴 때는…… 가족들이 다 함께 살았는데…… 사실은 하나도 행복하지 않았어요. 아버지는 엄마와 결혼한 뒤 첫 아이인 저희 오빠를 낳은 직후부터 이혼하고 싶다는 생각을 하셨대요. 어머니와는 연애결혼을 하긴 했지만, 막상 결혼을 해 보니 인연이 아니라고 느꼈던 모양이에요. 그런데 아버지 생애에 가장 큰 콤플렉스가 바로 '아버지 없이 자란 것'이었대요. 친할아버지가, 저희 아버지 다섯 살일 적에 돌아가셨거든요. 그 뒤 친할머니도 집을 나가 버리고, 아버지의 형제들 또한 친척들 집으로 뿔뿔이 흩어져 살았던 거예요. 여기저기서 늘 찬밥 신세만 받던 아버지는 고등학생이 되어 서울로 올라갔어요. 야간학교에서 공부하며 낮에는 운수회사 잡역부 일을 했고요. 아버지는 그렇게 일하며 대학까지 졸업하고 나서 자수성가한 분이라 삶이 항상 힘겹기만 했던 거예요. 청년 시절의 아버지가 꿈꾼 것은 오직 하나, '나에게도 남들처럼 학교 보내 주는 아버지가 있으면 좋겠다.'였대요. 그래서 자신의 아이들이 대학을 졸업할 때까지는 아버지라는 존재가 있어야 한다고 여긴 거죠. 하지만 아내에 대한 사랑이 없으니 가정에 좀처럼 마음을 두지 못하셨어요. 아버지는 늘 억지로, 마지못해 가장의 행세를 했고, 그래서인지 우리 가족은 조금도 행복하지 않았어요."

처음 꺼내는 이야기였지만, 어쩐지 마음이 담담하기만 했다. 나는 마른 침을 한 번 삼킨 뒤 다시 말을 이었다.

"아버지는 결국 제가 스무 살이 되어서야 이혼을 하고 가정을 떠났어요. 가족들에게는 그것이 아주 커다란 상처와 배신으로 남았고요. 하지만 저는…… 너무나 이기적인 태도일지 모르겠지만, 사실 아버지가 가족을 떠나 가정이 해체되고 나자, 어떤 안도감 같은 게 들었어요. 겉보기에만 좋게 형식적으로 유지해 오던 가정이 깨지자 이제는 더 이상 지킬 것도 속일 것도 없다는 안도감과 함께 일종의 평화와 자유를 느낄 수 있었어요. 그래서 저는 살면서 단 한 번도 내 가정을 만들고 싶다는 생각을 안 했어요. 내가 아닌 다른 사람과 결혼해 같이 살면서 아이를 낳고 키우는 일들이…… 조금도 기쁘게 다가오지 않았어요. 하나도 행복해 보이지 않았어요. '인간은 오로지 혼자일 때 평안과 자유로 가득 찰 수 있는 게 아닐까.'라고 늘 상상했거든요."

그런데…… 소설가가 되어 혼자서 돈을 벌어 생활해 나가는, 내가 원하던 꿈을 다 이룬 지금까지도 나는 왜 이렇게 외롭고 공허한 것일까. 꿈을 이루고 나면, 내가 원하는 삶을 살게 되면 나는 정말로 행복해지는 것일 줄 알았는데……. 한데 어째서 나는 조금도 행복하지 않은 상태로, 충만하지 않은 상태로 살아가고 있을까. 내가 '나'로서 진정한 평화와 합일을 경험했다면 이렇지 않아야 하는데, 오로지 충만함으로 살아 숨 쉬고 있어야 할 터인데…….

잠자코 내 말을 듣고 있던 홍신자 선생님이 말을 이어 나갔다.

"그것이 결국 혜나 씨의 에고가 되어 버린 거죠. 그것은 사실 '나는 결혼을 하고 싶다, 나만의 가정을 이루고 싶다.'라는 에고와 동일한 거예요. 혜나 씨 아버지 또한 자기 자신으로서의 의무와 역할을 다하기 위해 최선을 다한 것일 테지만, 이미 사랑이 끝난 상태로 가정과 끝까지 같이 가겠다는 생각이 어쩌면 더 커다란 에고였을 거예요. 그래서 결국 더 많은 사람들에게 상처와 불편을 남긴 것이기도 하고요. 그렇게 억지로 참으면서 살거라면, 왜 같이 사는지에 대해서 사실은 이해하기 힘들어요. '아이들 때문에 살아요.'라면서 아이들 다 성장하거나 결혼할 때까지 기다리는 것이 얼마나 가식적이고 위악적인 일인지 정말로 모르는 걸까요? 그렇게 억지로라도 가족의 형태를 유지하는 것이 정말로 사람들의 눈에 좋아 보이는 걸까요? 대개의 사람들은 사랑이 끝난 뒤의 추악한 실상을 자신의 친구들에게도 이야기하지 않죠. 남자들 또한 사회적으로나 대외적으로 좋은 가정을 가지고 있다는 것만 과시할 뿐, 내부의 실상은 이야기하지 않고요. 그렇게 실상은 숨기고 또 속인 채로 다들 잘나가는 사람들처럼, 대외적으로, 형식적으로 살아가요. 가끔 '우리는 그냥 쿨하게 다 따로 살아.'라고 자랑처럼 이야기하는 사람들을 본 적도 있어요. 왜 이혼하지 않느냐고 물으면 돈 때문이라고 대답해요. 재산을 나누면 손해이기 때문에 이혼은 하지 않고 생활만 따로 한다고요. 대개의 사람들이 그렇다 보니 진정으로 삶을 살아가는 사람들은 정말 몇 안 되는 듯해요. 진정으로 서로 사랑하면서 부부로서 사는 사람들은 어느 사이엔가 다 사라져 버린 듯한 느낌이에요.

이혼을 하면 여자는 버림받은 이혼녀가 되고, 남자는 자기 생애에서 아주 커다란 과오를 저지른 실패자로 바라보는 사회의 잣대가 때때로 존재하죠. 이런 사회 속에서 과감하게 이혼을 감행하는 사람들은 굉장히 솔직하고 용감해요. 그 사람들도 쉽게 이혼한 게 아니라 굉장히 힘들고 괴로운 시간을 거쳐서 하는 거니까요. 쉬운 이혼이란 세상 어디에도 없어요. 종종 쉬운 결혼은 있을 수 있지만, 쉬운 이혼은 진짜로 있을 수가 없어요."

홍신자 선생님이 잠시 말을 멈추고 앞에 놓은 샴페인 잔을 들어 목을 축였다. 나도 따라 한 모금 더 들이마시고 선생님의 이야기를 계속 들었다.

"사실 이혼에 비하면 결혼은 좀 쉬운 편이라는 생각도 들어요. 결혼을 할 때에는 내가 가진 에너지의 10퍼센트를 쓴다면, 이혼은 90퍼센트를 쓰게 돼요. 결혼을 준비하고 실제로 결혼식을 올리기까지 1년 정도의 시간이 걸린다면, 이혼은 10년의 시간이 걸려요. 일평생, 죽는 한이 있더라도 나는 끝까지 누군가의 아내로 죽고 싶다, 나는 그냥 한 가정의 가장으로서 죽고 싶다는 관념 때문이지요. 가정이 깨졌다는 사실을 당사자들 스스로 용납하기 힘들어하니까요."

홍신자 선생님의 말씀에 사세 선생님도 이야기를 이어 갔다.

"한국에 살면서 내가 만나 온 사람들은 대개 결혼에 대해서 너무 낭만주의적으로 생각하는 경향이 있는 듯했어요. 반면에 이혼은 마치 핵폭탄이라도 터진 듯한 엄청난 부정적인 일로 받아들이고 있더라고요. 독일에서는 이혼한 부부라고 해도 가족 모임에는 함께 가기도 하고, 아이들 일로 상의하거나 만나며 관계를 유지하는 사람들이 많지요. 물론 이혼은 많이 아픈 일이지만, 한국은 그것을 단순히 아픈 일 정도로 보는 것 같지가 않아요. 한국은 예전부터 결혼하지 않은 싱글인 사람들을 사회적으로 좀 도외시하거나 천하게 여기는 경향이 있었어요. 내가 한국에 와서 혼자서 살아가고 있을 적에도 친구들이 다들 나에게 결혼을 하라고 말했지요. 남자는 여자가 있어야 한다면서 빨리 장가들라고 하는 거예요. 그리고 여자들은 시집가지 않으면 마치 애물단지 취급하는 문화가 뿌리박혀 있었고요. 그러다 보니 나이가 있는데 결혼하지 않은 사람들을 마치 장애가 있는 것처럼 생각하는 사회적 시선이 또 있더라고요."

결혼은 사랑하는 사람과의 합일을 이루는 자연스러운 한 과정이다. 하지만 만남의 끝에는 이별이 있고 이별의 끝에는 또 만남이 있는 법. 이처럼, 만남도 이별도 그저 자연스럽게 받아들일 수 있다면 얼마나 좋을까. 나는 폰디체리의 프랑스식 건물들 사이로 난 오래된 길을 가만히 돌아보았다.

밖에서 안을
바라본다는 것

"안녕, 우리가 도와주려고 좀 일찍 왔어요."

홍신자 선생님께서 밝게 인사하며 말했다. 한국에서 이주한 오로빌 주민 A에게 며칠 전 저녁 식사 초대를 받아 다 함께 찾아왔다. A는 오로빌에 정착한 분으로 PTDC 식당에서 일하며 위빠사나[8] 수련을 주로 하고 있었다. 그리고 조만간 오로빌 안에 한국 식당을 열기 위해 준비 중이었다.

A와는 지난번 PTDC 식당에서 잠깐 인사를 나누었다. 처음 본 사이인데도 자신의 집에 다녀와 나에게 이곳에서 입으라며 옷가지를 챙겨다 줄 정도로 자상하고 배려 깊은 이였다. 이후 '마더스 버스데이'에 마트리만디르 정원에서 우연히 마주친 A

와 집으로 함께 걸어오면서 여러 가지 이야기들을 나누었고, 그 또한 한국 문학을 전공했다며 소설가인 나를 무척 반가워했다. 그러고는 맛있는 요리를 해 준다며 홍신자, 사세 선생님들과 함께 집으로 초대해 주었다.

A가 준비한 음식은 각종 쌈 야채와 시원한 배추된장국 그리고 간장에 졸인 버섯과 가지볶음이었다. 인도에 와서 처음으로 마주한 한국 음식이었다. 유기 재배한 신선한 야채를 한국식으로 조리해 준 마음 씀씀이에 감동해 눈물이 핑 돌 정도였다.

A는 마지막으로 밥상 위 저마다의 자리 앞에 잡곡밥을 한 그릇씩 놓아 주었다. 그러자 사세 선생님께서 "아, 나는 밥은 괜찮아요."라고 말하며 사양했다. A가 깜짝 놀라며 "왜요, 선생님? 혹시 벌써 식사하셨나요?"라고 물었다. 사세 선생님은 껄껄 웃으며 "아니에요, 하하. 사실 나는 아직도 한국인의 '밥' 문화에 제대로 적응하지 못했어요. 지금 여기 있는 음식이 나에게는 이미 '식사'의 개념이거든요."라고 대답했다.

"그럼 선생님께서는 밥은 안 드신다는 거죠?"

A가 다시 물었고, 사세 선생님도 다시 대답했다.

"맞아요. 여기 차린 요리들이 나에게는 '밥'의 개념이니까요."

그러고는 다 같이 천천히 음식을 들며 사세 선생님의 '밥' 이야기를 들었다.

"한국에서 친구와 술을 마시러 가면 항상 술과 함께 넉넉한 안주를 먹거나, 적어도 끊임없이 마른안주를 씹어 먹게 돼요. 그때부터 나는 한국인이 술과 함께 안주를 먹는 배와, 밥을 먹기 위한 배를 따로 가지고 있다는 것을 발견했어요. 왜냐하면 녹두전, 빈대떡, 심지어는 구운 고기나 생선을 곁들여 막걸리를 마신 다음, 내가 거의 배가 불러 집에 가려는 즈음에 친구가 영락없이 '밥 먹으러 가자.'고 하기 때문이에요."

그 말에 다들 까르르 웃었다.

"맞아요. 한국에서는 요리나 안주를 모두 먹고 난 뒤에 밥을 먹자고 하죠."

내가 맞장구치자, 사세 선생님이 다시 말을 이었다.

"나는 밥이라는 단어가 영어의 '라이스Rice'라는 단어 이상의 여러 가지 의미가 있다는 사실을 오랜 시간이 지나서야 알았어요. 가장 좁은 의미로 밥은 익힌 쌀, 즉 도정한 쌀을 조리한, 희고 살짝 윤기가 흐르는 음식이죠. 이런 좁은 의미를, 다른 함축적 의미가 있는 좀 더 확장된 의미와 구별 짓기 위해서 보리밥, 콩밥, 팥밥 등과 대조되는 쌀밥을 이야기하는데, 이걸 보면 밥은 '조리된 쌀'이 아니라 '조리된 주식'을 의미하는 거였어요. 영어 단어 라이스는 그저 일반적인 말이지만, 한국에서는 라이스를 가리키는 단어가 아주 많아요. 논에 있는 쌀은 벼고, 추수한 이후에는 나락이며, 도정한 다음에는 쌀이에요. 쌀을 조리하면 밥인데, 좀 더 정확히 말하면 쌀밥이에요. 나이가 많거나 사회적 지위가 높은 사람에게 밥을 이야기할 때는 '진지'가 되고 조상들에게 제사를 드릴 때는 '메', 왕이 다스리던 때는 임금의 밥을 '수라'라고 했죠."

기억할 수 있는 어린 시절부터 지금까지 매일 세끼 밥을 마주하고 살기 때문일까? 사세 선생님처럼 밥에 대해 사고해 본 적이 한 번도 없었다. 그저 자연스럽고도 당연하게 하루 세끼 밥을 짓고, 밥을 먹었다. 그래서 가장 익숙한 이 밥이, 사세 선생님의 눈을 통하니 새롭고도 다채롭게 다가왔다. 사세 선생님은 밥에 얽힌 추억을 이어 나갔다.

"나는 아직도 박정희 정권 때 일이 기억나요. 인구 증가로 쌀이 부족한 시기에는 매주 특정 요일에 식당에서 흰밥 대신 잡곡밥을 팔아야 한다는 정부의 지침이 있었어요. 그런 날 점심때 국수를 먹고 싶다면 평소보다 이른 시간에 식당에 가야 했어요. 정오가 되면 평소에는 흰밥에 몇 가지 반찬이 나오는 백반을 선택하던 사람들이 그날만큼은 국수 가게로 찾아와 붐볐기 때문이에요. 많은 이들이 평소에 가던 식당에서 흰밥 대신 잡곡밥을 내놓는 요일에만 국수를 찾았던 거예요. 그 정도로 잡곡밥이 홀대받던 시절도 있었는데, 지금은 건강상의 이유로 잡곡이 훨씬 비싸고 귀해졌죠."

"그렇다면 독일에서는 '밥', 그러니까 'Meal'에 대한 의미가 정확히 어떤가요?"

내가 묻자, 사세 선생님은 기다리고 있기라도 했던 것처럼 술술 말을 이었다.

"보통은 '밥도 먹을 수 없다' 혹은 '밥을 먹게 해 주다'에서처럼 '생계'의 의미를 들 수 있죠. 이는 영어나 독일어에서 '밥벌이를 하다to earn one's bread'라는 표현과 비슷해요. 내가 한국학 연구를 시작하자 아버지가 처음에 '밥벌이는 어떻게 할 거냐?How will you earn your bread?'라며 반대했는데, 만일 한국 사람이었다면 '밥은 어떻게 먹고살 거냐?'라고 물었겠죠. 어린 시절 나는 항상 화가가 되고 싶어서 고등학생 때 아버지께 미술학교에 진학할 계획을 말씀드렸는데, 그때도 '밥벌이는 어떻게 할 거냐?'라고 물었어요. 만일 한국인이었다면 '그림 그려서는 밥을 먹을 수 없다.'고 했을 수 있고요. 이러한 표현의 유사성에서 모종의 보편적인 사고가 드러나요. 독일의 아버지들, 한국의 아버지들, 전 세계 대다수 아버지들은 자녀의 미래에 대해 비슷한 걱정을 하고 있죠.

한국어로 주식인 밥과 영어로 주식인 빵은 유사한 의미의 속담과 격언을 낳기도 했어요. 예를 들어, 한국인이 '밥벌이'라고 말하는 의미는 영어에서 Breadwinning이라고 쓰죠. 이런 맥락에서 기독교의 주기도문 번역에 서양과 한국의 흥미로운 차이가 발견돼요. '오늘날 우리에게 날마다 필요한 양식을 주시옵소서.(마태복음 6장)'의 라틴어 원문 'Panem nostrum qotidianum da nobis hodie.'에서, Panem이라는 단어는 '생존에 필요한 일상의 빵'이라는 의미를 함축하고 있거든요. 영어 번역은 실제로 'Give us this day our daily bread.'인데, 같은 단어가 '일상의 빵 daily bread'이라고 되어 있어요. 하지만 한국어 번역은 단순히 여기에 해당하는 빵이나 밥이라는 단어를 사용하지 않고 좀 더 세련된 '양식糧食'이라는 말을 썼어요. 물론 양식은 생명의 양식이나 마음의 양식에서처럼 '일상의 빵'을 가리키고 있죠."

"선생님은 밥에 대한 연구를 따로 하신 건가요?"

나는 사세 선생님의 밥에 대한 지식에 놀라움을 금치 못하며 물었다. 그러자 사세 선생님은 또 빙긋이 웃으며 대답했다.

"일부러 연구를 했다기보다는, 한국인의 밥 문화에 관심이 가다 보니 자연스레 알아 가게 된 것이죠. 한국인들이 밥을 먹는 습관이나 관습이 나에게는 모두 새롭게 다가왔거든요. 한번은 친구와 술을 마시다가 밤 10시쯤 되자 나에게 자기 집으로 가자고 하더군요. 당시에는 한국인이 나를 가정집에 초대하는 일이 드물었는데, 그래서 이건 친구가 나를 아주 가깝게 생각한다는 표현으로 다가왔어요. 우리는 일단 식당에서 푸짐한 식사를 하고 술집 두 군데를 더 들러서 술과 안주를 잔뜩 먹은 다음 친구의 집으로 갔어요. 그때, 친구의 부인이 밥상을 차려 놓고 남편을 기다리고 있다가 나를 위해 밥 한 사발을 더 가져오더군요. 물론 우리는 배가 불러서 아주 조금 먹었고, 상을 물린 후 술을 더 마시려고 마루에 앉았어요. 친구 부인은 술과 함께 과일과 견과류 등의 안주를 가져온 다음, 그제야 밥을 먹기 시작했어요. 남편이 친구와 술 마시며 흥청거리는 사이 부인은 줄곧 기다린 것이 나에게는 놀라운 일이었죠! 그때부터 한국인들이 '밥'을 어떻게 대하고 소비하는지 주의 깊게 지켜보게 된 거예요.

그럼에도 한국에서 밥은 이제 주식으로서 중요성을 어느 정도 잃고 말았죠. 아침 식사를 차리기 위해 새벽 4시에 일어나 가마솥 아궁이에 불을 지필 필요는 없어졌지만, 여전히 밥하는 것은 귀찮고 시간 걸리는 일로 다가와요. 요즘은 씻어 나온 쌀까지 있어서 더 이상 쌀을 씻을 필요도 없고, 타이머가 달린 전기밥솥도 있는데 말이죠. 이제는 많은 이들이 라면, 피자, 냉동 음식 등을 찾는데, 그런 음식은 종종 쌀이 아니라 밀이나 보리를 재료로 한 것이에요. 하지만 어느 가정이든 어머니는 여전히 '밥 준비 다 됐어요.'라며 식구들을 부를 거예요."

우리는 한복의 아름다움을 알고 있을까?

한국인의 밥에 대한 이야기를 나누다 보니 자연스레 화제가 옷에 대한 이야기로 넘어갔다.

"사세 선생님은 이곳에서도 주로 개량 한복을 입으시네요.

한복에 각별히 애정을 갖고 있는 부분이 있으세요?"

내 물음에 사세 선생님은 잠시 생각에 잠기더니 나에게 되물었다.

"혜나 씨는 한국에서 한복을 입어 본 적이 있나요?"

"글쎄요. 유년기 때 명절에 큰집에 가며 한복을 입었고요. 중학생이 된 이후로는 한 번도 입어 본 적 없어요."

"어릴 때 입던 한복은 전통 한복이겠죠?"

"그렇죠. 저고리와 치마가 하도 크고 뻣뻣해서 사실 불편하기 짝이 없었어요. 한복을 입고 차를 타거나 계단을 오르내리며 치마 밑단이 끌려서 금세 지저분해지기도 하고요."

"그런 한복은 아무래도 보여지기 위한 옷이다 보니 불편할 수밖에 없죠. 나는 주로 개량 한복을 입는 편이에요."

"한복을 즐겨 입는 이유가 있나요?"

"한복에 대해서라면 사실 많은 사고를 가지고 있어요. 언론과 TV 프로그램에서 한복이 한국을 대표한다고 보여 주거나, 심지어 한류 열풍을 국가 브랜드 육성과 연관 지어 정부 차원에서 한복을 이용하는 경우가 많죠. 그래서 한복 홍보를 적극적으로 해야 한다는 이야기를 많이 읽고 들어요. 실제로, 정상회의에 참석한 각국 정상의 배우자들이 선물 받은 한복을 입고 사진을 찍거나, 유서 깊은 창덕궁 뜰에서 열리는 한복 패션쇼, 또는 정치 행사 중 특별한 퍼포먼스로 홍보되는 한복을 자주 볼 수 있어요. 그럴 때 한복은 현대 한국의 개성적인 특성을 대표적으로 드러내고는 해요. 그러나 안타깝게도 주최자들이 의도하는 방식으로 한복의 개성이 드러나지는 않는다고 봐요. 주최 측의 생각은 한국 문화에서 독특한 뭔가를 내보이는 것이죠. 실제로 한복은 아주 독특해요. 하지만 현실에서 일어나는 상황은 현대 한국인의 정신에 존재하는 분열을 전 세계에 보여 주고 있지 않나 싶어요.

나는 사람들이 일상적으로 살아가는 실제 한국 문화와, 말로만 홍보하는 상상의 한국 문화 사이 불일치를 이야기하고 싶어요. 공식적인 한복 홍보의 실제 효과가 한국 사람들의 가슴속에 없을 때가 많아요. 사실 이건 '상상 속의 한국 문화'와 같죠. 어째서 한국 정부는 결혼식이나 추석, 설날 같은 명절에만 입는 한복을 강조할까요? 현대 한국에서 실제적으로 한복을 입고 생활하는 사람은 거의 볼 수 없잖아요. 예술가와 같은 소수 직종의 사람들 또는 아주 보수적이거나 심지어는 반동적인 사람들 외에는 아무도 한복을 입지 않아요. 서울을 벗어나 시골에 가 보면 나이 든 사람들이 간소한 한복을 입지만, 그런 곳에서도 청바지, 스커트, 티셔츠 입은 사람을 한복 입은 사람보다 많이 보게 돼요. 달리 말하면, 최근 한국 문화를 보여 주는 자리에서 한복을 소개하는 일은 살아 있는 문화가 아니라 박물관 문화에 가깝다는 거예요."

내가 한복을 즐겨 입지는 않음에도 불구하고 한복이란 매우 익숙한 의복이기에, 외부의 시선에서 바라본 한복이 어떨지에 대해서는 미처 알지 못했다. 한복에 대해서 이토록 많은 사고와 견해를 가질 수 있다는 사실까지도.

사세 선생님은 말을 이어 갔다.

"한복을 입는다는 건 허울만 꾸미는 것처럼 보이기도 해요. 서구식 옷을 입은 어른들이 어린 자녀에게 한복을 입혀 걸고 있으면 거의 미키마우스 옷을 재미로 입은 듯한 효과가 나지 않나요? 플라스틱 동물 인형과 유럽의 성 모형이 가득한 유원지에 가는 분위기를 자아내기도 하고요. 한국인들 자신이 한복을 진지하게 받아들이지 않는데, 왜 외국인들이 그래야만 할까요? 거리의 모든 한국 사람들이 서구식 옷을 입은 것을 본 외국인의 눈에 한복을 보여 주는 프로그램은 그저 하와이의 훌라훌라 쇼처럼 흥미롭거나 생소한, 이국적인 쇼로 보여요. 한국 문화를 자랑스럽게 소개하는 게 아니라요. 한국 신문에서 한복 패션쇼가 외국에서 열렸다고 보도하면 나는 이런 보도의 목적은 단지 한국 사람들에게 문화 관광 기관이 일을 잘하고 있다고 보여 주려는 게 아닌가 하는 의심이 먼저 들어요. 대한민국 공식 웹사이트 등에서 벌이는 홍보 노력은 현실을 반영해야지, 그렇지 않으면 역효과를 낳을 수 있지요.

많은 한국인이 나에게 2000년 역사, 4000년 역사, 심지어

5000년 역사에 큰 자부심을 가지고 있다고 말해요. 하지만 한복을 바라볼 때마다 전통적인 한국과 현대 한국이 제대로 연결되어 있지 않다고 느껴져요. 현대의 한국인들, 특히 대도시 사람들은 자국 역사와 전통문화에 자부심이 없고, 대다수가 여러 측면에서 가능하면 서구식이 되려고 노력하는 경향이 있어요. 자연히 전통문화의 요소를 조금은 불편하게 여기고요. 난 이것이 '현대 한국인의 정신에 존재하는 분열'이라고 생각해요."

사세 선생님은 자세를 좀 더 편안하게 고쳐 앉으며 자신이 입고 있는 옷의 소매를 들썩여 보였다. 그가 바라보는 한복과, 그가 입고 있는 한복의 차이는 무엇일까?

"한국에서 나는 비록 외국인이지만, 거의 매일 개량 한복을 입어요. 서구식 옷을 입은 거리의 행인이나 지하철 승객이 나를 보고 미소 지으며 내 모습이 정말 보기 좋다고 말하곤 하죠. 대화를 나눠 보면 내가 어느 한국인보다도 더 한국적이라는 이야기도 듣게 되고요. 하지만 내가 한국인보다 더 한국적으로 보이고 싶어서 한복을 입는 것은 아니에요. 나는 지금도 그렇고 앞으로도 언제나 한국에서 살기로 결심한 외국인일 뿐이죠. 단순하게도 나는 개량 한복이 아주 편해서 입어요. 여름에는 시원한 마직으로, 봄가을에는 가벼운 면직으로, 겨울에는 따스한 안감을 넣어서 만든, 계절에 적합한 한복을 입죠. 한복에는 한반도의 기후에 적응하기 위해 2000년간 쌓은 지혜가 담겨 있어요. 이런 개량 한복은 서구식 옷보다 훨씬 더 편안하고요. 특히 도시에서 일상적으로 입는 짙은 색 양복과 넥타이는 물론이고 청바지나 통이 좁은 바지는 훨씬 불편하잖아요. 건강에 문제를 일으킬 수도 있고요. 그런데 개량 한복은 편히 움직일 수 있을 만큼 품이 넉넉해서 피부가 자유롭게 숨을 쉴 수 있어요.

물론 전통적인 한복이 입기에 불편하다는 건 말할 필요도 없죠. 화장실을 가기도 편하지 않고요. 내 친구들도 한복이 불편해서 입지 않는다고 말해요. 근데 그건 예복으로 입는 한복과 일상적인 한복 사이의 차이를 몰라서 오해하는 거예요. 물론 예복으로 입는 한복은 서구식 예복을 포함해 세계 어느 곳의 예복과 마찬가지로 불편해요. 그러나 100년 전 거리와 시장의 모습을 찍은 옛 사진을 보면 일상적인 한복은 분명히 다르고, 자세히 보면 입기에 편안해 보여요. 현대의 개량 한복은 예복보다는 일상복을 본떠 만들었죠. 개량 한복은 헐렁한 직물로 우아하게 만들었지만 편안하고, 색깔이 화려하되 지나치게 눈에 띄지도 않아요. 비단, 면 혹은 가벼운 여름용 모시 등 천연 재료로 만들고 자연색으로 염색한 한복은 전혀 반들반들하지 않죠. 표면은 광택이 나지 않지만 염색이 씨줄과 날줄에서 다르게 보이기 때문에 칙칙하지도 않고요. 기본색은 쪽에서 나온 청색, 잇꽃에서 나온 홍색, 치자에서 나온 황색, 잿물을 이용한 흰색과 숯에서 나온 흑색이죠. 이때 숯은 단풍나무나 석류나무 열매로 만들어요.

또한 세계적으로도 유명한 옷이 바로 제주도 감으로 만든 갈옷이에요. 염색 과정에 따라 따뜻한 느낌을 주는 적갈색부터 좀 더 잔잔한 짙은 올리브색까지 다채로운 색조가 나온다고 해요."

"선생님의 한복 이야기를 들으니, 저도 일상복이면서 아름다운 한복을 입어 보고 싶네요."

"그럼 언제 인사동에서 한번 만나요. 잘 아는 개량 한복 상점을 소개해 줄게요. 사실 나도 한국에 가면 한복을 좀 더 사야 하거든요."

"한복이 이미 많은데도 더 구매하시려고요?"

"아니요. 사실 1년에 한 번씩 자식과 손주를 만나러 독일에 가는데, 거기서도 난 편안한 한복을 입고 다녀요. 많은 독일인이 나에게 어디서 이런 '디자이너 옷'을 샀느냐고 물어보곤 하죠! 어떤 사람은 한복이 아주 기품 있어 보인다며 나에게 자기 옷 사이즈를 알려 주고 한복을 보내 달라고 부탁했거든요. 그런 걸 보면 한복은 정말이지 누가 보아도 아름다운 옷이 분명해요."

세상이 붙인 꼬리표를
떼고 살아가는 곳

"오로빌은 어때요? 지낼 만한가요?"

A가 나에게 물었다. 나는 생각할 틈도 없이 바로 대답했다.

"네. 사실은, 정말 다 좋기만 해요."

"무엇이 그렇게 좋던가요."

"음. 이곳은 요가와 명상이 생활화되어 있으니, 일단은 그게 제일 편하고 좋아요. 한국에서는 요가하고 명상하는 사람이라고 이야기하면 굉장히 특이한 사람을 보는 듯한 경향이 있었거든요. 그래서 괜히 감추게 되기도 했고요. 한데 이곳에서는 누구나 요가와 명상을 하며 영성 생활과 노동, 여가를 분리하지 않고 함께 해 나가고 있으니 그것이 제일 편하고 좋네요. 타인의 시선이 중요한 것은 아니지만, 나는 아직 그 시선으로부터 온전히 자유롭지는 못한 사람이기도 하거든요. 이곳에 있으면 한국에 있을 때처럼 '특이한 사람' 혹은 '예민한 사람'이 아니라 '평범한 사람'으로, '자연스럽고 합당한 사람'으로 존재하는 듯해서 좋더라고요."

내 말에 홍신자 선생님께서도 이야기하셨다.

"혜나 씨는 한국에서 요가 강사로도 일했어요."

그러자 A는 짐짓 놀라며 나를 다시 봤다.

"정말이요? 그럼 요가를 굉장히 잘하겠네요. 저는 사실 요가 아사나 수련은 제대로 해 본 적이 별로 없어서 요가하는 분을 보면 무척 부럽고 신기하고 그래요."

"네……. 요가는 2005년부터 해 왔으니 나름 오래한 편이기는 해요. 하지만 요가 수행자라면 요가는 그저 평생 하는 거니까, 그 기준에서 보자면 진짜 우습지도 않은 걸음마 수준이에요."

그렇게 말하고 나는 식탁 위 야채조림과 밥을 상추에 올려 싸 먹었다. 간만에 접하는 한국 음식이 진심으로 반가웠다.

"현대의 요가는 다 하타요가 경전에 입각한 아사나와 호흡법 그리고 명상법을 따르고 있는데, 이 행법을 하려면 음식 조절이 필수적이라고 해요. 어떠한 음식을 어떻게 먹느냐에 따라 우리 몸에 일어나는 현상이 매번 달라지거든요. 그래서 하타요가 경전은 요가 수련자가 먹어야 할 음식의 종류와 정량을 상세하게 기록하고 있어요. 오늘 선생님이 해 주신 것처럼 신선한 쌀과 야채를 먹으면 우리 몸의 에너지가 활발하게 순환되더라고요. 초대해 주셔서 정말 감사해요."

모두들 A가 준비한 음식을 즐겁게 비웠다. 그러자 그는 재빠르게 상을 치우고 잘 익은 수박을 썰어 내왔다.

"우리 옥상에 가서 수박 먹지 않을래요? 사방이 탁 트인 옥상에서 수박을 먹고 있으면 이곳이 꼭 한국처럼 느껴지더라고요. 오늘 오랜만에 한국 음식도 먹고 했으니 분위기 낼 겸 옥상에 가서 먹어요."

쟁반 가득 썰어 온 새빨간 수박을 들고 아이처럼 웃으며 말하는 A의 모습에 모두들 빙그레 웃으며 걸음을 옮겼다.

아파트 계단을 올라 꼭대기 층에서 문을 열고 밖으로 나가니 잔디가 깔린 너른 공간이 나왔다. 그곳에서 한 층을 더 올라가자 정말로 사방이 탁 트인 옥상이었다. 옥상 위 난간에 오르니 넓은 오로빌 시내가 한눈에 들어와 보였다. 해가 저물어 가는 무렵이긴 하나 사위는 벌써 어둑해져 있었다. 사세 선생님이 챙겨 온 랜턴의 불을 켜고 우리는 바닥에 돗자리를 깔았다.

"여긴 정말 한국 같네요. 마당 위 평상에 앉은 느낌이에요."

한국의 한옥집에서 오래 살아오신 사세 선생님이 말했다. 나는 잘라 놓은 수박 한 조각을 집어 사세 선생님께 먼저 건네드렸다. 선생님은 "감사합니다."라고 말하며 빙긋 웃어 보였다.

"2008년부터 2010년까지 전라도 담양에 있는 한옥에서 살아본 적이 있어요. 침실과 부엌은 작은 건물에 두고, 헛간에 현대식 화장실과 욕실을 추가로 만들고, 안채에 화실과 서재를 마련했죠. 우리 집에 놀러 온 손님들은 장소가 참 아름답다는 말을 가장 먼저 했어요. 그러고는 한옥 건물에서 오갈 때 계단을 오르락내리락해야 하는 것이 불편하지 않으냐고 묻더군요. 나는 전혀 불편하지 않다는 말밖에는 달리 할 말이 없었어요. 오히려 금세 익숙해져서 계단을 오르내리는 게 일종의 신체 운동이 되기도 했거든요. 그런데 그런 질문을 하는 사람들 중에는 따로 운동을 하러 체육관이나 스포츠 클럽에 가는 이들이 많았어요. 나는 공장 같은 분위기에서 기계로 하는 식의 보디빌딩 운동을 하지 않아도 된다는 점에 늘 만족했죠."

"헬스장에서 공장 같은 분위기를 느끼셨군요. 저는 꼭 그렇지만은 않았지만, 내부가 좀 갑갑하고 삭막해서 오래 있고 싶지는 않더라고요."

"사람의 신체는 동물의 몸과 마찬가지로 자연의 일부예요. 우리 몸은 때에 따라 가혹한 기후로부터 보호받을 필요가 있지만, 가능한 자연과 가까이 살며 필요할 때만 보호받는 것이 가장 건강에 좋아요. 다르게 말하자면, 한옥 생활이 가장 건강에 좋다는 거죠. 콘크리트 건물에 살면 사람이 바깥 자연과 단절되게 마련이에요. 실내 환경 문제로 겨울에는 난방 기구와 가습기,

여름에는 제습기와 환풍기 등 건강에 좋은 공기를 제공하지 못하면서도 에너지 비용이 많이 드는 기계들이 필요해지죠."

사세 선생님은 크게 썰어 둔 수박을 한 조각 집어 베어 물었다. 수박 조각을 천천히 씹으며 주변을 둘러보더니 이내 말을 이었다.

"나는 한국에서 보낸 1960년대 한가위에, 달빛 아래 초를 켜고 보낸 가을 저녁을 아직도 생생하게 기억해요. 이웃들이 나를 잔치에 초대해 차고 넘치도록 많은 음식을 대접했고, 집에서 빚어 시중에서 파는 것보다 더 독한 막걸리와 소주를 소화가 잘되라고 함께 마셨어요. 이런 날이면 평소에는 따로 밥을 먹던 남자와 여자, 노인과 젊은이가 함께 먹고 마시며 노래까지 부르곤 하던 기억이 나네요."

사세 선생님의 추억을 공유하며 밤하늘을 올려다보니 어느덧 환한 달이 떠올라 있었다.

"홍신자 선생님이야 인도에 워낙 많이 방문해 보셨으니 익숙하시겠지만, 사세 선생님은 어떠세요? 인도는 처음이시죠?"

나 또한 수박 한 조각을 집어 입에 물며 사세 선생님께 물었다. 선생님은 들고 있던 수박을 마저 베어 먹고 나서 대답했다.

"네. 인도는 사실 전혀 관심 두지 않던 나라였는데, 홍신자 선생 덕분에 함께 오게 됐어요."

"어떠세요? 오로빌의 인상이요."

"오로빌이요…… 글쎄, 나는 원래 오로빌에는 전혀 관심이 없었어요. 홍신자 선생이 가려고 하니까 자연스레 함께하게 되었죠. 나는 '새로운 것'과 '발견하는 것'을 좋아하는 사람이니까요. 그래서 이곳에 오기 전에 오로빌에 관련된 글과 스리 오로빈도의 책을 읽어 봤어요. 처음에는 관심 가는 게 그리 많지 않았죠. 그러다 보니 별다른 기대 없이 그냥 오게 된 면이 강했고요. 그런데 막상 와 보니 내가 좋아하는 요소를 곳곳에서 발견하게 됐어요. 그중에 하나가 바로 국제성이에요. 이곳에는 여러 나라의 사람들이 와서 살아가고 있어요. 그래서 아주 다양한 문화가 공존하는 거예요. 우리가 살고 있는 세계에 이런 곳이 존재한다는 게 참 신기하면서도 편안하게 느껴져요. 이곳은 피부색이니 조국이니 하는 것과 관계 없이 그저 모두가 다 그냥의 사람으로 살아가고 있으니까요."

나는 새빨간 수박을 입에 넣고 아삭아삭 씹으며 사세 선생님의 이야기를 들었다.

"지금 나는 인류학을 공부하고 있는데, 한국학과 한국 문학도 어느 면에 있어서는 인류학이기도 하거든요. 한데 한국 사람들은 나에게 자꾸만 이렇게 말해요. 사세 선생님은 독일인인데도 한국을 정말 좋아하고, 한국에서 오래 살아서 그런지 한국 사람이 다 된 것 같다고요. 물론 그 사람들은 나에게 좋은 뜻으로 해 주는 말이죠. 그래서 달리 반박은 하지 않지만, 그럴 때마다 마음이 아주 편치는 않아요. 나는 '독일 사람'이 아니라 그냥 '사람'인데, 왜 사람을 굳이 '독일 사람', '한국 사람', '외국 사람', '우리나라 사람'으로 나누어서 볼까 하는 의문이 들어서요. 그래서 한국에서는 늘 '외국 사람'으로만 존재하는 느낌이에요. 한국에서도 이곳 오로빌에서처럼, 우리나라 사람과 외국 사람을 나누는 것 없이 모두 다 그냥 '사람'으로만 인식해 주면 좋겠다는 생각이 들어요."

"음, 저는 사실 외국인들이 한국에서 살다 보면, 한국의 안 좋은 점들을 많이 접하게 된다고 들었거든요. 지금 선생님께서 말씀하신 것도 비슷한 맥락이 아닐까 싶어요. 뭔가를 자꾸 나누고, 재단하는 습성이 한국인들에게는 좀 강한 편인 듯해요."

"아무래도 한국인들이 이야기하는 '외국인'으로 살아가다 보면 여러 가지 좋지 않은 부분을 많이 접할 수밖에 없기는 하죠. 내가 한국에서 본 것 중 아쉬운 문화와 습관 중 하나가 바로 그 '우리나라' 그리고 '제일'이라는 표현이에요. 이게 합쳐져 '우리나라가 최고야.', '우리가 제일이지.'라는 말을 자주 써요. 외국에서 한국의 이미지를 부정적으로 만드는 것 중 하나가 바로 한국인이 한국 문화를 너무 과장하는 경향에서 기인해요. 외국인들은 이런 면에 아주 민감하죠. 한국인들은 부모에게서나 학교에서나 좀 더 신중해지는 법을 배울 필요가 있어요. 예를 들어, 5000년 역사는 아주 멋진 말이지만, 한국 밖에서는 큰

웃음거리가 되기도 해요. 한국사는 아주 오래 지속되어 왔지만, 과도한 과장은 외국인에게 한국사를 사실적으로 소개하는 내용까지 불신하게 만들죠. 그런 과장을 경험하고 나면 많은 이들이 한국사에 대해 무슨 얘기를 들어도 믿지 않는 쪽으로 변하기도 하고요. 한국 역사는 그 자체로 자부심을 갖기에 충분하니, 국수주의적 과장은 자제하는 게 좋다는 생각이 들고는 했어요.

그런데 오로빌에 사는 사람들 중에는 어느 누구에게도 '우리나라 사람' 또는 '우리나라 제일'이라는 인식이 보이지 않아요. 여기서는 우리 모두가 다 그냥 '사람'이죠. 그 이상도 이하도, 다른 무엇도 아니에요. 이곳에는 다른 장점도 무척 많지만 이것이 가장 중요한 첫 번째 장점이라고 생각해요. 한국인들은 '우리'라는 정신 그리고 '우리가 제일'이라는 정신을 극복해야 할 필요성이 있어요."

그랬다. 이곳은 정말 그냥 '사람'만 존재하고 있었다. 내가 이곳에서 그토록이나 편안한 느낌을 받은 이유가 꼭 요가 때문만은 아니었을 것이다.

"그래서 나도 다른 어느 나라보다도 이곳 오로빌에서 커다란 편안함을 느끼게 됐어요. 외국이라면 잠깐씩 배낭여행을 다녀본 게 전부지만, 어딜 가나 그 나라의 사람들은 외국인을 신기하게 쳐다보곤 하잖아요. 외국인이기 때문에 겪는 불편도 분명히 있고요. 하지만 이곳에서는 단 한 번도 그런 느낌을 받아 보지 못했어요. 여기에는 외국 사람과 우리나라 사람을 구분하지 않고 그냥 '사람'만 있기 때문이죠."

"그 외에도 장점이라고 느낀 게 또 있으세요?"

"그럼요. 당연히 있죠. 오로빌의 또 한 가지 장점은 바로 '마더의 꿈'이라고 생각해요. 벌써 40년 전에 제창된 그 꿈이 아직 다 완성되지는 않았지만요. 하지만 그 꿈은 여전히 진행 중이고 실현 중이라는 사실이 중요하죠. 그 꿈을 따라가려는 사람들이 이곳에는 아주 많이 있어요. 나는 그것이 참 좋아요. 또한 사회적으로 여러 가지 새로운 제도를 도입해 보는 데 있어 굉장히 자유로워요. 자본, 돈에 대한 개념 또한 다른 자본주의 국가의 제도와는 조금 다르고요. 또 요즘 한국에서도 굉장히 인기인 '요가'와 '힐링' 그리고 미술, 음악, 연극, 영화, 건축 등 다양한 예술 문화가 굉장히 활발하게 진행되고 있잖아요. 아직 나는 요가는 한 번도 해 보지 않았지만, 미술은 하고 있지요. 그래서 이곳의 예술적인 분위기가 참 좋아요. 또 한 가지, 날씨도 무척 좋지요. 더운 나라긴 하지만 습하지는 않아서 야외 활동을 하기도 편하고요. 게다가 이곳에서는 다들 자유로운 복장으로 살아가고 있어요. 대부분 반바지에 티셔츠, 슬리퍼 차림으로 다니니까요. 내가 만약 헐렁한 노란색 바지를 입고 종로 거리에 나가면 사람들이 나를 무척 이상하게 쳐다볼 거예요. 그래서 나는 시내에 나갈 때면 아무래도 잘 차려 입은 채로 나가야 해요. 그런데 이곳에는 그렇게 남들을 바라보는 시선도, 남들을 의식하는 시선도 없어요. 여기는 그냥 울긋불긋한 옷이건 무채색 옷이건 다들 자기 마음대로 입어요. 그렇게 몸에 편안한 옷을 입어서 그런지 사람들의 성격에도 늘 여유가 넘쳐나는 게 보이고요. 이곳 사람들의 옷차림과 행동들을 보고 있으면 과거에 히피 시대에 꾸던 꿈들이 실현되고 있는 것 같아 참 애틋해요. 예술적인 아름다움과 편안함, 그것이 바로 이곳 오로빌에 존재하고 있는 것 같아요."

사세 선생님의 말씀을 들으며 문득 오로빌에서 지내 온 나의 모습을 돌이켜 보았다. '한국인', '소설가', '요가 강사'. 더불어 '결혼 적령기를 지난 여자'라는 꼬리표를 떼고 이곳에서는 온전

히 '김혜나'라는 하나의 사람으로서 존재했다. 전 세계 다양한 나라의 사람들이 모여 있는데도 모두가 다 '하나'로만 모아지는 이곳. 우리의 삶에, 인간 존재에 진짜로 중요한 것이 무엇인지 알려 주는 곳, 오로빌.

물속에서 만난
존재의 어머니

"안녕. 이따가 또 만나요."

정원의 탁자에 앉아 글을 쓰고 있는 사세 선생님을 향해 홍신자 선생님이 말했다. 그 말에 사세 선생님 또한 "해브 어 굿 타임!" 하며 인사했다. 나도 따라 웃으며 "씨 유 순."이라 말하고 홍신자 선생님과 함께 뒤돌아섰다.

택시는 아직 도착하지 않은 채였다. 땡볕에 가만히 서 있기가 힘들어 우리는 숙소 앞 큰길까지 조금 걷기로 했다. 길이 나누어지는 삼거리에 다다르자 우리를 향해 달려오는 택시가 보였다. 곧 도착한 택시를 타고 우리는 오로빌 중앙도로에 위치한 '콰잇 힐링 센터Quiet Healing Centre'로 향했다. 택시에서 내려 센터 대문 안으로 걸어 들어가자, 가장 먼저 느껴지는 것은 바람이었다. 이내 '쏴아아' 하는 소리가 들렸다. 귀가 아닌 가슴으로 들려오는 파도 소리, 그리고 몸이 아닌 가슴을 시원하게 만드는 바닷바람. 안으로 조금 걸어가 보니 드넓게 펼쳐진 아름다운 바다가 모습을 드러냈다.

한동안 이곳에 자리한 호텔에 머물기도 했다는 홍신자 선생님이 앞서 걸었다. 나도 선생님을 따라 바닷가를 걸으며 주변을 둘러보았다. 넓고 시원하지만 어딘가 모르게 따뜻함이 어려 있었다.

안쪽으로는 조그만 방갈로가 줄줄이 이어져 있었다. 홍신자 선생님과 나는 서너 개의 건물을 지나 센터 중앙에 있는 사무실로 들어갔다. 한데 안쪽의 출입구 유리문이 잠겨 있었다. 관리인에게 물으니 아직 점심시간이라서 그렇다며 오후 2시에 다시 와 달라고 했다.

선생님이 잠시 파도 소리 좀 듣자며 바닷가 쪽으로 걸음을 옮겼다. 선생님을 따라 걸어가 보니 파도가 굽이치는 모습을 한눈에 볼 수 있는 정원이 나왔다. 그 안에 들어선 야자수 나무 둥치마다 형형색색의 해먹이 설치되어 있었다. 선생님은 그중 한 곳에 자리를 잡고 몸을 기대어 누웠다. 그리고 나를 돌아보며 말했다.

"잠깐 누워서, 눈 감고 이 소리 좀 들어 봐요."

선생님의 말씀에 따라 나도 해먹 하나를 펼쳐 그 위에 드러누웠다. 촘촘히 짜인 해먹의 실이 몸에 꼭 맞게 달라붙었다. 그리고 대기의 흐름에 따라 살랑살랑 움직여 나갔다. 그렇게 누워 하늘을 바라보니 내 몸이 마치 구름 위에 떠 있는 것만 같았다. 나는 눈을 감았다. 쏴아, 쏴아아…… 부서질 듯 밀려드는 파도 소리. 그 소리는 여전히 귀가 아닌 가슴을 파고들었다. 부서지고, 또 부서지고…… 모든 것이 부서진 어느 한 자리에서 새롭게 피어나는 소리……. 물소리는 인간의 '정精'을 담당하는 신장을 자극한다고 했던가. 물소리를 듣고 있으면 몸이 이완되는 가운데 정화되는 느낌까지 들었다. 그러다 어느 한 순간 나는 깜박 잠이 들었다. 이후 누군가 나를 쓰다듬는 손길이 느껴져 퍼뜩 눈을 떠 보니 홍신자 선생님이 옆에 서 있었다. 그러고는 마치 잠든 아기를 바라보듯 내 이마와 머리카락을 쓰다듬었다. 나는 그만 몸을 일으켜 해먹에서 빠져나왔다.

"이제 슬슬 안으로 가 보죠."

선생님은 그렇게 말하며 다시금 앞서 걸어 나갔다.

선생님을 따라 센터 안의 사무실로 들어가 예약자 명단을 확인하고 입장권을 받았다. 그러고 나서 직원의 안내에 따라 건물을 돌아 나가니 조그마한 풀장이 나왔다. 홍신자 선생님과 나는 탈의실에 들어가 수영복으로 갈아입고 나와서 우리를 이끌어 줄 각각의 리더를 기다렸다.

'와추Watsu'는 일종의 물 마사지와 같다고 들었는데, 솔직히 말로만 들어서는 어떠한 방식인지 감이 잘 잡히질 않았다. 물로 무엇을 어떻게 마사지 한다는 것일까.

이내 와추 체험을 도와줄 두 명의 테라피스트가 우리 곁으로 왔다. 홍신자 선생님의 테라피스트는 '리사'라는 이름의 중년 부인이고, 나의 테라피스트는 '고디바'라는 남자로 예순 살 정도 되어 보였다.

따스한 느낌의 고디바 씨는 나에게 와추의 체험 방식과 순서, 안전 사항을 먼저 설명해 주었다. 처음에는 물속에 들어가 등을 대고 누울 텐데 얼굴은 물 바깥에 있으니 자연스럽게 숨을 쉬면 된다. 그렇게 십여 분 정도 지나면 코마개로 코를 막고 물속으로 들어갈 것이다. 물 바깥에서 입을 통해 숨을 충분히 들이쉬고 물속으로 들어갔다가 나와 숨을 내쉬어야 한다. 그렇게 십여 분 정도가 지나면 이번에는 물속에서 좀 더 강렬하게 움직이게 된다는 이야기였다. 나는 알겠다고 대답하고 고디바 씨를 따라 풀장 안으로 들어갔다.

타원형으로 생긴 풀장 안에 들어가자 반대쪽에 홍신자 선생님과 리사 씨가 이미 들어와 자리를 잡고 있었다. 우리는 서로 반대쪽 자리에서 각자의 테라피스트에게 몸을 기댔다. 고디바 씨는 나의 양쪽 허벅지에 공기주머니를 매달아 주었다. 그러고는 자신의 왼쪽 팔을 펼쳐 보이며 기대어 누우라고 말했다. 그 말에 따라 나는 등을 돌려 고디바 씨의 팔에 뒷목을 베고 누웠다. 그러자 내 몸이 두둥실, 물 위로 떠올랐다. 내 몸의 절반은 물 안에, 나머지 절반은 물 바깥에 있었다.

그 순간 나에게 가장 먼저 다가온 것은 '소리'였다. 그것은 어떠한 언어로도 표현할 수 없는 자연의 소리. 물이란 그저 흐르는 액체라고만 생각해 왔는데, 이토록이나 아름다운 음악 소리를 가지고 있다니, 그저 놀라울 뿐이었다. 고디바 씨는 물속에서 뒷걸음질치며 내 몸이 계속 떠오르도록 이끌어 주었다. 그의 몸에 의지한 채 흘러가고 있는 나는 마치 해조류가 된 것만 같았다. 몸의 어느 한 부분에도 힘이 실리지 않았다. 내 몸은 물결에 따라 그저 자연스럽게 움직여 나갔다.

나는 분명 물속에서 두 눈을 감고 있는데도 불구하고, 물 바깥의 태양이 눈에 보이고, 물 바깥의 공기가 느껴졌다. 물이 보이고, 소리가 들리고…… 숨을…… 쉬고 있는 나는…… 자연이구나. 자연과 나는 서로 분리되어 있는 개별적인 존재가 아니었다. 하나로 연결되어 함께 흐르고 있었다. 물속의 소리가, 내 안의 소리가, 빛 속의 내가, 내 안의 빛이, 그것을 가르쳐 주었다.

고디바 씨는 내 몸을 따뜻하게 감싸 주고 받아 주었다. 그의 몸에 기대어 있는 나는 아주 소중했다. 나를 이토록 따뜻하게 안아 주는 존재의 정체는 과연 무엇일까? 그것은 오래전 어머니의 배 속에 있을 적부터 나를 감싸고 있던 존재였으리라. 나는 흐르고, 또 흘렀다. 얼마나 시간이 지났을까. 불현듯 내 몸이 기우뚱하더니 두 다리가 땅에 닿았다. 나는 두 발로 똑바로 서게 되었다. 내가 눈을 뜨자 그가 내 손에 잠수용 코마개를 쥐어 주었다. 그것을 코에 끼우자 고디바 씨가 나에게 다시 등을 대고 누우라고 말했다. 나는 다시 한번 그에게 몸을 맡기고 누웠다. 그러자 다시 귓속을 파고드는 물소리. 그리고 좀 더 격렬하게 요동하는 내 몸의 움직임이 느껴졌다. 내 몸은 이리로 갔다 저리로 갔다 하며 빠르게 움직였다. 한데 내 스스로의 힘으로 움직이지 않고, 물결에 따라 저절로 움직여 나갔다. 조금 전까지 분명 어머니의 배 속처럼 편안하고 따뜻한 곳에 존재하고 있었다면, 지금은 그곳에서 나와 걸음마를 뗀 뒤에 롤러코스터를 타고 격렬하게 나아가고 있는 것이 아닌가! 그러자 나를 둘러싼 물이 곧 불이 되었다. 나는 불처럼 화려하고 정열적인 삶 속으로 달려 나가고 있었다. 달리고, 또 달리며 내 삶에 열정을 쏟아내고 있었다. 물속에 불이 있고, 불 속에 물이 있었다. 나는 그 모든 것과 함께 분명히 존재하고 있었다.

　얼마나 그렇게 내달렸을까. 움직임이 다시 잔잔해졌다. 나는 어느새 고디바 씨의 품 속에 고이 안겨 있었다. 그가 나의 오른쪽 귀를 자신의 왼쪽 가슴에 갖다댔다. 쿵, 쿵, 쿵. 지금 나를 끌어안는 이는 아주 오래전, 태초부터 나를 품고 있던 존재의 어머니였다. 힘차게 움직이는 심장 소리를 통해 나는 사랑받는 존재였다는 사실을 깨달았다. 나는 그를 끌어안았다. 우리는 오래, 아주 오래, 그렇게 존재하고 있었다.

내 안의 내적인 혁명을
깨트리는 에너지

물에서 나와 다시 고디바 씨와 다시 마주했다. 내가 마치 갓 태어난 존재 같았다. 고디바 씨는 씨익 웃으며 나에게 어떠했느냐고 물었다. 나는 마치 천국으로 가는 그네에 몸을 맡긴 것 같았다고 대답했다.

이내 홍신자 선생님도 물에서 나와 우리는 서로의 테라피스트에게 인사하고 샤워실로 향했다. 그곳에서 샤워를 마치고 나오니 어느덧 오후 3시였다. 우리는 풀장 뒤쪽 카페로 가서 따뜻한 물과 푹 끓은 짜이를 주문했다. 이내 나온 물과 짜이를 받아 들고 한쪽 자리에 가 앉았다. 따뜻한 물이 몸속에 들어오자, 무언지 알 수 없는 감정이 안으로, 아래로 흘러내렸다. 홍신자 선생님 또한 차를 마시고 난 뒤 한참 동안 찻잔에서 손을 떼지 않고 가만히 앉아만 있었다. 선생님은 무엇을 느끼고 있을까.

"어땠어요?"

홍신자 선생님이 먼저 나에게 물었다.

"태어나기 이전, 어머니의 배 속에 있던 시절부터 어린아이였을 때의 기억 그리고 지금 이 순간의 생, 더불어 먼 미래에 있을 노년의 삶까지 모두 다 체험하는 느낌이었어요. 그리고……."

말을 하려는데, 어쩐지 그 말은 가슴 깊은 곳에서만 돌고 돌았다.

"그리고…… 어머니의 기운이 느껴졌어요. 그런데 그 '어머니'가 어떤 '어머니'인지 정확하게 알아차릴 수 없었어요."

그러자 홍신자 선생님은 내게 감성이 크게 열려 있는 사람이라고 말했다. 어쩌면 내가 이십 대부터 요가를 하고 명상을 했기에 그렇게 말씀하셨는지도 모르겠다. 이에 대해 선생님은 감성으로 다가오는 부분을 너무 드라마틱하게 여길 필요는 없다며, 그것을 그저 있는 그대로 지켜볼 수 있어야 한다고 했다.

그렇게 말씀하는 동안에도 선생님의 눈빛은 어딘가 먼 곳에 닿아 있는 듯했다.

선생님은 오래전에 하와이에서 와추를 체험해 본 이야기를 꺼냈다.

"그때는 좀 더 놀이기구 같은, 스펙터클한 느낌이었어요. 지금 이곳에서의 체험은 좀 더 잔잔하고 평온한 느낌이고요. 어쩌면 그때의 '나'와 지금의 '나'가 변해서 그런 것일 수도 있겠네요."

선생님은 그만 찻잔에서 손을 거두고 의자 뒤쪽으로 깊숙이 기대어 앉았다. 한쪽 다리를 의자 위에 올리고, 한 손은 그 다리 위로 올려 대청마루에라도 앉은 듯 편안한 자세였다. 그는 그렇게 앉은 자세로 끊임없이 어딘가를, 무언가를, 그저 바라보고 있었다.

"어렸을 때는 어떤 아이였어요?"

어렸을 때 나는 잘하는 게 하나도 없는 아이였다. 그저 매사가 다 싫고, 참을성 없는 아이였다. 초등학교에 들어가기 전부터 중학생이 될 때까지 다녀 본 학원 중 단 한 군데도 한 달 이상 다녀 본 곳이 없었다. 부모님은 두 분 모두 매우 가난하게 자라서 어린 시절 마음껏 공부하지 못한 것에 한이 많았다. 그래서 나에게 다양한 배움의 기회를 주고 싶어 했다. 그러다 보니 나는 어릴 때부터 국어, 영어, 수학 등의 과외 공부는 물론 컴퓨터, 서예, 발레, 수영, 미술, 피아노 등 웬만한 예체능 학원은 다 다녀 봤다. 하지만 정작 나는 아무것에도 흥미가 없었다.

선생님은 이런 나를 지긋이 바라보며 입을 열었다.

"살면서 참 많은 여러 나라를 돌아다녀 봤는데, 한국만큼 경쟁이 치열한 나라가 없더라고요. 한국에서는 아이가 태어나 유치원에 들어갈 때부터 경쟁이 시작되잖아요. 사실 우리는 어린

아이일 때 사물과 대상을 가장 순수하게, 있는 그대로 바라볼 수 있어요. 그 느낌을 있는 그대로 표현할 수 있는 능력 또한 아이일 때 가장 크고요. 하지만 과열된 경쟁구도 속에서 성장하다 보면 그런 다양한 감성과 능력이 모두 사라지고 말아요. 다들 머리로만 경쟁하게 만드니까, 그냥 머리로만 살아가는 거예요. 좋은 학교에 진학하기 위해 경쟁하고, 좋은 회사에 취직하기 위해 경쟁하죠. 그 경쟁에서 살아남아 취직에 성공했다 한들 회사 안에서 내부 구성원들과 또 경쟁해야 하고……. 일생이 그저 경쟁으로 시작해 경쟁으로 끝나는 느낌이에요."

그는 이러한 한국 아이들의 현실이 안타깝다고 했다. 내가 말했다.

"맞아요. 하지만 정말, 어떻게 해야 이러한 경쟁 구도가 변화할 수 있을지, 솔직히 답을 모르겠어요."

"혁명이 좀 일어나야 하지 않을까요?"

"혁명이라면, 어떤 종류의 혁명을 말씀하시는 걸까요? 이를테면 내적인, 의식 혁명을 의미하는 것인지, 아니면 실재의, 물리적인 혁명을 이야기하시는 것인지……."

"물론 내적인 혁명이 먼저 일어나야지요. 이 물질 경쟁 시대에 치여서 모든 것이 뒤집어지는 날이 분명히 올 거라고 봐요. 모든 것이 지나치게 가득 차면, 결국엔 폭발하게 되잖아요. 그렇게 모든 것이 뒤집히고 제대로 폭발해서 다시 제로의 상태로 돌

아가야 해요. 그리고 그것은 인간 개개인의 내적인 혁명이 먼저 일어나 있는 상태에서 가능해지는 것이고요. 오로빈도와 마더가 바로 그것을 예견한 사람들이에요. 식물이 진화해서 꽃이 되고, 자벌레가 진화해서 나비가 되고, 포유류가 진화해서 새가 되고, 동물이 진화해서 인간이 되어 온 것처럼, 지금의 인간에게도 또 한 번의 진화가 일어날 거예요. 그것을 예견하면서 이 분들이 인류 진화를 위한 힌트를 남겨 놓고 갔어요.

두 사람은 인간 진화에 대한 온전한 확신을 가지고 있었고, 인간의 올바른 진화를 위해 요가와 명상, 채식 등 다양한 시도와 실험을 계속해 온 거예요. 그냥 단순히 요가 좀 하고 명상 좀하는 그런 것이 아니라, 인간의 진정한 진화와 내적인 혁명을 확신하고, 실험하고, 도전하면서 그 너머까지 나아갈 수 있었어요. 그리고 이 모든 것을 오직 자신들의 몸을 통해서 해냈어요. 그래서 나도 이 인간 진화에 커다란 확신이 생기고 있어요. '나도 이 길을 가고 싶다.' '나도 노력해야 되겠다.' '내 삶은 여기서 끝이 아니구나.' 하는 사고가 내 안에서 끓어오르는 거죠."

선생님의 눈이 바라보고 있던 곳은 바로 인간 너머 진화의 영역이었을까?

"오로빈도와 마더는 정말로 많이 공부하고, 그것을 모두 실천하며 어마어마한 영역으로까지 나아간 스승들이에요. 이 두 사람의 영향이 어디까지 퍼져 나갈지 무척 궁금해요. 그분들의 영향으로 수많은 사람들이 이곳 오로빌에 모여 '인간 너머'의 삶을 추구하고 있잖아요. 그리고 이 모든 것을 실현하기 위한 이상 도시로서의 오로빌을 만들어 가고 있어요. 이렇게 한 명, 두 명 모이기 시작한 사람들이 가족이 되고, 사회가 되고, 세계가 되면…… 그것이 곧 어마어마한 인류의 대혁명이 될 수도 있지요."

인류 전체의 어마어마한 혁명? 그것이 정말 이곳 오로빌에서부터 시작될 수 있을까? 그러면 선생님은 어떻게 오로빌과 인연을 맺어 왔을까?

인간 너머의 진화를 시작하고 있는 곳, 오로빌

홍신자 선생님은 70년대 후반 델리에 있는 스리 오로빈도 아쉬람에 방문한 계기를 통해 오로빌을 알게 되었다. 그곳에서 처음으로 이 도시와 마더, 오로빈도에 대한 정보를 얻었다. 그래서 오로빌에 가 봐야겠다 생각하고 왔던 당시에 오로빌은 그야말로 황무지에 불과했다. 그래서 곧장 오로빌에서 떠나 폰디체리에 있는 스리 오로빈도 아쉬람으로 공부를 하러 갔다.

"그때 당시에는 오로빈도와 마더의 사상에 대해서 그리 큰 관심을 가지지 않았고, 그냥 이곳에 영적인 구루[9]가 두 사람 있구나 정도로 생각했어요. 그들의 책 또한 읽은 게 없었고요. 그때 나는 오로지 살아 있는 구루를 찾으러 다녔어요. 그렇게 해서 만난 구루가 오쇼 라즈니쉬와 니사르가닷타 마하라지[10]였죠. 나는 그 두 사람에게 완전히 빠져 있었어요. 그분들에게 가르침을 받은 뒤 오로빌은 까마득하게 잊고 다시 뉴욕으로, 또 한국으로 돌아가 생활했지요.

그러던 중, 여행사에서 '홍신자와 함께하는 인도 그룹 투어' 요청을 받았어요. 그때까지만 해도 인도에 다시 갈 생각이 없었는데, 그래도 나를 필요로 하는 곳이 있다면 한번 다녀와야지 싶더라고요. 그래서 개인적으로는 36년 만에 다시 인도에 오게 됐어요. 그때 여행사에서 진행한 그룹 투어는 오로빌과 뿌네 이렇게 두 군데가 주요 행선지였어요. 그래서 오로빌에는 사흘간 머물렀죠. 한데 오로빌에서 딱 하룻밤 자고 난 다음부터, 이곳이 심상치 않은 장소라고 느꼈어요. 그 느낌은 아주 크게 다가왔지요. 굉장히 평화로우면서도 영적인 느낌. 그리고 커다란 축복이 있는 장소라는 것을 단 하루 만에 여실히 알아차릴 수 있었어요. 그래서 이곳 오로빌에 대한 안내를 해 주는 비지터 센터에 가서 오로빌과 관련된 영상을 보기 시작했죠. 이토록 영적인 장소가 있는데 내가 이걸 모르고 있었구나, 등한시하고 있었구나 하는 마음이 들었거든요. 내가 이곳을 계속 모르고 있었으면 정말 큰일 날 뻔했다 싶은 생각이 들 정도였어요.”

마트리만디르가 완공되기까지는 36년의 세월이 걸렸다. 오로빌에 이 명상홀을 짓는 것이 바로 마더의 비전이었다. 그래서 마트리만디르는 오로빌의 심장이자 영혼으로 볼 수 있었다. 사실 인도에서 이렇게 위대한 명상홀이 지어질 수 있었다는 사실 자체만으로도 참 놀라운 일이다. 이곳은 조금 걷기만 해도 땀으로 완전히 범벅이 되어 버릴 정도로 무더웠다. 그런데도 벽돌 하나하나 다 사람의 손으로 들고 머리로 이고 등으로 지어 나르며 36년간 건물을 올렸다. 이 열악한 환경 속에서 어떻게 이렇게 정교하고 위대한 명상홀을 지을 수 있었을까? 이 명상홀의 외형과 설계, 내부의 인테리어 그리고 그 사이로 흐르는 빛까지 모두 마더의 지시 아래 설계되었다. 마더는 어떻게 이렇게 건축

에 대한 이해까지 뛰어났을까?

"마더라는 사람이 정말 대단하지 싶었죠. 그래서 이 사람에 대해서 좀 더 집중적으로 공부하고 연구하기 시작했어요. 그러고는 한동안 이리저리 많이 알아보고 다닌 뒤에 이곳에 다시 와야겠다는 결심을 안고서 오로빌을 떠났어요. 다음에 다시 올 때는 적어도 3개월의 기간을 잡고 와야겠다고 생각했죠. 그때 사흘 있어 보고서 석 달을 계획해 이렇게 다시 오게 된 것인데……. 이 석 달 동안 내가 이 두 구루와 오로빌에 대해 공부해 보니 3개월이 아니라 30년을 공부해도 그들의 비전과 사상을 터득하기 어렵겠다는 생각이 들어요. 그래서 나는 다시 한국에 돌아가 해야 할 일에 대해서 떠올려 봤어요. 그런데 나에게는 그 어떤 일보다도, 지금 이곳 오로빌에서 해야 할 일에 더 커다란 의미가 있더라고요."

그 어떤 종교와도 관련이 없고, 오로지 개인의 의식과 통합 요가를 통한 내적 계발만이 이곳에 존재하기 때문일까. 한국에서도 요가, 채식, 힐링을 이야기하는 사람들이 많지만 대부분 외적인 몸매를 만들고 유지하는 데에 치중해 있을 뿐이다. 오로빈도는 이미 백여 년 전부터 단순히 피트니스 위주의 '바디 요가'가 아닌 몸과 마음 그리고 개인과 세계를 연결하는 '통합 요가 Intergral Yoga'를 직접 수행하며 체계를 확립해 왔다.

통합 요가는 심신을 수련하는 하타 요가와, 명상 수행 중심의

라자 요가, 신에게 헌신하는 박티 요가, 지혜의 길을 가는 갸나 요가와 같은 다양한 종류의 요가를 통일성을 가지고 하나로 연결하는 것이다. 즉 몸과 정신의 수행은 물론 학문과 공부, 노동 그리고 사마디까지, 모든 것이 다 함께 작용한다는 것이다. 이러한 수행을 '존재의 통합적 경험을 기초로 한 조화로움과 창의적인 삶'으로 보면서 '인간의 전신에 숨어 있는 창의적인 영감의 샘을 여는 것'이라고 전하고 있다. 그는 말을 이었다.

"우리의 마음을 계발하여 더욱 위대한 의식의 층, 즉 '마음 위의 상태'를 가지고 자기 삶의 모든 면을 완전하게 만드는 거예요. 참 놀랍지 않나요? 이 분들이 이런 걸 먼저 이렇게 깨닫고 이야기하고 있었다는 것, 그것에 정말 많은 감동을 받았죠."

"그렇다면 오로빈도와 마더의 사상을 처음 만났을 때 선생님의 느낌은 어떠셨어요?"

"신대륙을 발견한 기분이었어요. 그렇지만 나로서는 아직, 이 두 분의 사상을 이야기하기가 조금 이르다고 생각해요. 다만 마더가 살아 있을 적에 20년 동안 그분을 모신 비서가 있었거든요. '세프렘'이라는 이름의 프랑스 사람이었죠. 그 사람이 20년간 마더를 섬기며 마더의 이야기를 받아 적은 책을 썼어요. 그것이 바로 『마더스 어젠다Mother's Agenda』예요. 그 책을 이곳에 와서 읽기 시작했고, 그분의 인터뷰도 다 찾아봤어요. 그러다 보니 그 사람 자체에 감동을 느끼게 되더라고요. 그 사람이 이야

기하는 마더와 오로빈도의 가르침에 대해서도 눈을 뜨게 됐고
요."

세프렘이 이야기하는 정신세계는 정말 놀랍다고 선생님은
이야기했다. 그 내용은 주로 우리 몸의 세포와 의식의 규모에
대한 것으로, 오로빈도에 대한 관심을 더욱 깊게 끌어냈다. 사실
홍신자 선생님이 오로빌행을 다시 결정지었을 때는 휴양과 관
광에 대한 생각이 더 컸다고 한다. 이곳에서는 어떤 일이 주로
일어나고 또 무엇이 있는지 구경이나 해 보자는 다소 가벼운 마
음으로 찾아왔다. 이곳을 무슨 대단한 성지 순례의 터로 삼겠다
는 마음은 아니었던 것. 그저 여기에 사는 사람들은 무엇을 하
며, 이곳에서는 무엇이 벌어지는지 알고 싶었다. 오로빌과 관련
된 온라인 사이트나 팸플릿을 보면 이곳을 굉장한 유토피아처
럼 표현해 놓은 것이 남달라 보여 좀 더 구체적으로 알고 싶었
다고 한다.

"그렇다면 선생님께서는, 이곳 오로빌에 오로빈도와 마더의
비전이 온전히 실현되어 있다고 보시나요?"

"그것은 이곳에 있는 사람들이 끊임없이 시도하고 실험하며
계속 엮어 나가는 것이지요. 아직 완성되지 않았고, 결코 완벽하
게 완성될 수도 없어요. 다만 목적을 가지고 형성된 이 영적인
도시 안에서 이렇게도 해 보고 저렇게도 해 보며 새로운 비전을
시도하고 또 실험해 가는 단계에 있죠. 그렇게 볼 때 '문명의 행

진 속에 신성의 발현을 향한 가치관을 가지고 세상에 적극적으로 참여하는 것'이라는 통합 요가적 가치와 세계를 오로빌 사람들 대부분이 적극적으로 추구하며 실행해 나가고 있다고 봐요. 마더가 그 첫 삽을 이곳 오로빌에 뜬 이후 이곳으로 모여드는 사람들이 계속해서 이어 가고 또 쌓아 가는 거예요."

다만 마더와 오로빈도가 그 시대에 이런 엄청난 비전을 가지고 있었다는 점이, 그리고 이 인간 너머의 진화를 시작해 나가고 있었다는 점이 매우 큰 충격이었다고 선생님은 말했다.

삶은 진화의 영역으로
가기 위한 과정

홍신자 선생님은 구루에 대한 사상과 비전 외에도 오로빌에 장점이 많다고 했다. 이곳은 무척 덥기 때문에 사람들이 더위에 곧잘 지치고 힘들어하는 부분이 있지만, 한편으로는 그래서 더욱 아름다운 곳이라고 했다. 특히나 이곳은 40년 전만 해도 나무 한 그루 없던 황무지였다. 한데 지금은 200만 그루의 나무가 있는 거대한 숲으로 탈바꿈했다. 숲이 있어 아름다운 것이 아니라 숲을 만들어 가는 사람들이 있어 아름다운 것이다. 그리고 거의 모든 것이 이 오로빌 내부에서 자체적으로 생성되었다. 전기도 그렇고, 수도도 그렇고, 식수도 마찬가지로. 음식 또한 이곳에 처음 정착한 사람들이 직접 재배해 만들어 먹었다. 이곳의 농부들은 이윤을 남기지 않고 주민을 위해 재료값만 받으며 일하고 있다. 그리고 무엇보다도 가장 중요한 것은, 우리의 삶이 마더와 오로빈도의 가르침을 공부하는 데에서 그치는 게 아니라 그것을 공부함과 동시에 오로빌 라이프에 직접적으로 참여한다는 점이다.

"요가는 그냥 '철학'이 아니라 앎으로써 수행해 나가는 '실천 철학'이에요. 이 모든 것을 배우고 또 실천하려면 이제 진짜 내 모든 삶을 뒤로하고 이곳으로 와야겠다는 생각이 들어요. 내 삶이 그저 안일하게 춤이나 추고 명상 워크숍 같은 것 좀 열고 여행이나 다니면서 자연과 더불어 여유롭게 보낼 게 아니다 싶은 거예요. 나에게도 이제 시간이 얼마 남지 않았어요. 정말 길게 잡아야 30년이에요. 이 '인간 너머' 그리고 '인간 이후'에 도래할 진화와 혁명적 사상 그리고 실험은 내 생에 얼마 남지 않은 30년 동안 치열하게 바쳐도 모자라요. 그럼에도 불구하고 꼭 도전하고 싶어요. 내 생에, 내 나이에, 내 모든 걸 다 투신해 도전할 수 있는 대상을 발견한 것 자체가 이미 커다란 축복이니까요."

지구는 점점 파괴되어 가고 있다. 그와 더불어 인간도 점점 파괴되어 가고 있다. 물질 문명과 전자 산업의 발달, 전쟁 등 외적으로는 발전해 나가고 있는 듯한 모든 부분이 사실은 인간의 본성과 존재의 근원을 점점 잃어버리게 만들고 있다. 그래서 지금 인간이 처한 모든 상황이 그리 희망적이지 않다. 이 세계가 대체 어디로 갈지, 언제쯤 끝이 날지 알 수 없을 정도로. 그래서 홍신자 선생님은 이러한 시점에 새로운 세계의 출현이 있어야 한다고 말했다. 새로운 지구, 새로운 세계, 새로운 인간……. 그런 의미에서 바라보면 이 세계가 이렇게 역으로 돌아가는 게 사실은 더 올바른 일일지도 모른다. 무언가가 새롭게 창조되려면 그 이전의 것은 완전히 소멸해야만 가능한 일이니 말이다. 그래서 지금의 지구 그리고 인간은 어쩌면 멸종 직전의 마지막 발악을 하는 시기가 아닐까 싶기도 하다. 오로빈도와 마더가 이것을 미리 내다보고 쌓아 온 철학을 예언과도 같이 남겨 놓은 게 아닐까?

인간이라는 존재가 새롭게 태어나 진화해 나가기 위해 종말을 향해 달려가는 것 아니겠냐고 그는 말한다. 죽지 않으면, 소멸하지 않으면 부활할 수 없으니까. 그런 위대한 사상과 철학의 모험을 우리가 책이나 대충 훑어보면서 겉핥기식으로 공부해서는 결코 '인간 너머'의 세계로 나아갈 수 없다. 깊은 명상과 의식의 혁명을 통해 기존의 존재를 해체하고 소멸시킨 뒤 우리도 새로운 세계로 진화해 가야만 한다. 홍신자 선생님은 그런 세계로 가야 한다는, 갈 수 있다는 커다란 희망을 이곳 오로빌에서 발견했다. 그리고 그것은 그의 인생에서 아주 큰 전환점이었다. 그는 매번 새로운 일을 시도할 때마다 기존의 존재를 소멸시키고 다시 태어나기를 반복해 왔다.

　"나는 그렇게 나 자신을 온몸으로 내던지며 수많은 일을 해왔어요. 그리고 이제 이것이 내 인생 마지막 시도가 되지 않을까 싶어요. 지구상 전체 인구 중 단 1퍼센트만이라도 이러한 세계를 지향한다면, 그렇게만 된다면 지구에는 새로운 희망이 떠오를 수 있다고 봐요. 그럴 수만 있다면 오로빈도와 마더가 예언처럼 남겨 놓은 '인간 이후'의 세계가 좀 더 빨리 도래할 수 있을 거예요. 그러기 위해서 우리가 노력해야만 돼요. 인류와 지구가 멸망하기 전에, 사라져 없어져 버리기 전에 우리가 많은 노력을 하면서 에너지와 의식의 깊은 곳으로까지 나아가야죠. 그러면 지구는 분명 달라질 수 있어요."

　"선생님. 저는 갑자기 너무 혼란스러워지는데……."

　"그럴 거예요. 기존의 가치와 관념, 의식이 부서지고 새로운 세계의 의식이 들어서는 과정에서 일어나는 현상이죠. 나도 처음에는 그렇게 혼란스럽고, 두렵고, 아프기까지 했어요. 그래서 많은 사람들이 이 길을 가기를 주저하죠."

오로빌이 처음 생겨났을 때는 겨우 30명 정도의 사람만이 이 비전에 참여했다. 그들 모두 나는 가겠다, 이것을 따르겠다는 의지를 가지고 오로빌의 비전에 일생을 바쳤다. 이제는 그 사람들이 칠십 대가 되고, 팔십 대가 되었다. 그들이 마트리만디르를 짓고, 나무를 심어 숲을 만들었다. 그들의 노력으로 황무지 같던 오로빌이 거대한 숲이 되고 마을이 되었다. 30명밖에 되지 않던 극소수의 사람들로 시작해 이제는 2500명이나 되는 이주민이 오로빌 도시 공동체를 실현해 나가고 있다. 이 안에서는 자본주의식 화폐를 사용하지 않고, 교육에 많은 공을 들이고 참여하며, 모든 음식과 물품을 친환경적으로 재배하고 공급한다. 아무것도 없던 황무지에서 시작해 40년 만에 이렇게 높은 수준의 도시가 형성되고 또 그것이 점점 크게 진행되어 가고 있는 현실이 그저 놀랍기만 했다. 정말 기적이 아니고서는, 어떻게 이렇게 진행되어 올 수 있었을까.

나는 홍신자 선생님께서 앞으로 이곳 오로빌에 정착해 인간의 혁명적인 진화에 참여할 의향이 있는지 궁금해졌다.

"그렇다면 이곳 공동체에서 어떻게 공부를 해 나가고 일을 할 것인지에 대한 구체적인 계획이 있으세요?"

"음, 무엇보다도 나는 춤을 추는 사람이다 보니까, 그동안 몸 공부를 정말 많이 해 왔어요. 한데 이 두 분 구루 또한 몸 그 자체를 늘 강조하며 몸에 대한 연구를 엄청나게 많이 해 왔더라고요. 그래서인지 이곳 오로빌을 돌아보면 요가와 테라피, 마사지의 천국이에요. 그 커뮤니티들이 각각 다른 듯 보이지만 실은 아주 커다란 조화를 이루고 있어요. 또 그러한 커뮤니티들은 대부분 스튜디오가 함께 있어 그곳에 사람들이 모여요. 워크숍을 열어 다 함께 공부하기를 마다하지 않죠. 그래서 단순히 학문적인 공부와 의식 차원의 수행뿐 아니라 몸 공부까지도 더 심도 깊게 해 나갈 수 있어요. 그 점에 더욱 깊이 끌려요. 그리고 노동에 대해서라면, 지금은 이곳에 거주하는 한국인들과 함께 김치 담그는 일을 하고 있는데, 이것도 무척 재미있고 의미 있는 일이라서 가능하면 계속 참여하고 싶어요. 더불어 내 전공인 무용을 이곳에서도 계속해 나가야죠. 나처럼 나이 든 분을 위한 실버 댄스 클래스와 워크숍 등을 열어 지도와 공부를 함께하고 싶어요."

"선생님도 나이가 많으신데, 여전히 끝이 아닌 시작을 향해 달려 나가고 계시네요."

나도 모르게 감탄이 먼저 나왔다.

"그래요. 그래서인지 이곳 오로빌에 온 뒤부터 늘, 커다란 산을 하나 만난 느낌이에요. 그런데 그 산이 내 삶을 끝내기 위해 가로막고 있는 장애물이 아니라, 새로운 세계로 나아가기 위해 딛고 올라서야 하는 반석이라는 느낌이 들어요. 아, 이제 다시 시작한다는 생각이 들며 가슴이 뛰기도 하고요. 내가 이 세계를 떠나는 날까지 저의 모든 혼과 열정을 다 바쳐서 살아가고 싶어요. 내가 지금 여기, 오로빌에서 그 길을 찾았다는 게 정말 즐겁고 행복해요. 이런 길을 너무 늦기 전에, 이렇게 알게 돼서요. 내가 이걸 모르고 있었더라면, 오로빌에 오지 않았더라면, 나는 아마 공부라면 이미 할 만큼 했으니 앞으로 그저 자유롭고 편하게 살자, 많은 것들을 사랑하면서……, 이러다가 갔을 거예요. 그랬더라면 나는 생에 커다란 실재를 놓친 채 여생을 그저 바보같이 마무리하고 떠났을 테지요. 한데 이렇게 내 나이 칠십이 넘어서 이런 세계를 발견했다는 것은 정말 크게 기념하고 축복해야 할 일이에요. 내가 이때까지 살아온 생은 모두 하나의 전주곡일 뿐이었어요. 이 '인간 이후'의 '진화의 영역'으로 가기 위한 과정일 뿐이었고요."

인간 이후……, 그리고 진화. 나에게는 아직 손에 잡히지 않는 이야기였다. 커다란 금강석이 내 손에 쥐어져 있는데, 아무리 봐도 나는 이게 다이아몬드로는 보이지 않는다고 해야 할까? 나에게 이것은 그냥 크고 무거운 돌덩어리 같기만 했다. 아직은 손에 잡을 수 없고, 지니고 다닐 수 없는……. 그러나 언젠가는 나도 발견할 수 있으리라. 이 의식 혁명의 흐름을 꾸준히 지켜보고 그것에 동참할 수 있다면 말이다.

놓아 버리는 것이
잃어버리는 것은 아니다

홍신자 선생님과 사세 선생님의 삶은 모두 격렬하게 진화해 왔다. 우선 홍신자 선생님은 한국에서 미국으로, 미국에서 인도로, 그리고 다시 미국에서 한국으로 오기까지 매번 새로운 세계를 향해 나아가는 과정이었다. 사세 선생님 또한 독일에서 한국으로 이주해 오며 자기 삶의 진화를 향해 나아가기를 주저하지 않았다. 두 분 선생님과 이러한 진화의 과정에 대하여 보다 깊게 이야기 나누었다. 홍신자 선생님이 먼저 말했다.

"이 모든 일에는 항상 '준비'가 필요해요. 예를 들어 내가 지금 여기에 있다가 델리로 떠나가려면 일단 준비를 해야 하잖아요. 기본적으로는 티켓도 사야 하고, 짐도 싸야 하고, 이곳에서의 일도 정리해야겠지요. 그런 준비 없이 그냥 막 갈 수 있는 것은 아니니까요. 마찬가지로 우리의 의식 또한 진화해 나가기 이전, 그러니까 지금 여기서 다른 곳으로 나아가기까지 사전에 미리 준비해야 할 부분이 아주 많아요. 새로운 곳으로 나아가기 위해서는 정말 엄청난 에너지를 쏟아야 하거든요. 우리는 기존에 가지고 있던 거의 모든 것을 다 버려야지만 새로운 세계를 향해 나아갈 수가 있으니까요. 인간관계, 물질, 명예 등 내가 가지고 있던 것을 다 버리거나 끊은 채로 떠나가는 거예요. 그러한 과정, 그러니까 버리고 또 비우고 잘라 내면서 어디론가 떠나가는 그 과정이 나 또한 결코 쉽지만은 않았어요. 그러나 비교적 그런 일을 잘 해냈던 게, 이렇게 정리할 때에 이전의 것을 모두 잃어버린다고는 생각하지 않았거든요. 그것은 그저 더 크고 넓어지는 하나의 과정일 뿐이죠. 나중에 내가 그 궁극의 진화를 이룩하는 때가 되면, 이전에 내가 버리고 온 것을 다 다시 만나게 돼요."

과거에 그가 처음 미국으로 나갈 때에는 한국을 완전히 떠나 다시 돌아오지 않을 계획이었다. 정말로 다 놓아 버렸다. 그러나 그는 그 앞에 새로운 세계가 있다는 사실을 잘 알고 있었다. 그 세계가 자신을 간절히 기다리고 있다는 사실까지도. 그 세계로 가기 위해 이전에 몸담고 있던 세계를 완벽하게 다 놓아 버린 것이다. 하지만 그렇게 그가 가지고 있던 것을 100퍼센트 다

놓는다는 것은, 그 100퍼센트를 다시 만나겠다는 의지의 표명이기도 했다. 비워 놓아야만, 다시 채울 수 있으니까. 그는 그렇게 모든 것을 버리고 뉴욕으로 떠나 결국 성공한 무용수가 되었다. 그리고 그 뒤에는 무용수로 누릴 수 있는 모든 성공을 뒤로하고 다시 인도로 떠나갔다.

사람들은 이런 그를 보고, 언제든 그렇게 다 버리고 떠날 수 있는 자유가 부럽다고 했다. 사람들의 눈에는 그가 언제든 어디든 그저 자유롭게 떠날 수 있는 존재로만 보였다. 이때 사람들이 바라보는 '자유'의 속성은 다소 가볍게 비춰졌다. 하지만 사실은 그렇지 않았다. 그 당시 그가 쌓아 온 뉴욕에서의 삶……모든 성공과 명성, 물질, 그렇게 성공하기까지 노력한 시간을 그는 결코 가볍게, 즉흥적으로 내려놓지 않았다. 그때 그는 정말 많은 준비와 노력을 했다. 그렇게 인도로 떠나갈 준비를 하는 데에만 3년의 시간이 걸렸다.

"아직도 나에 대해서, 무용가 '홍신자'는 어느 날 갑자기 정신세계에 이끌려 그저 자유롭게 홀홀 인도로 떠났다고 생각하는 사람들이 있어요. 그러나 내 생에 어떠한 '떠남'도 결코 철저한 '준비'와 '노력' 없이 이루어지지 않았어요. 그 어떤 것도 단한 순간에 가볍고 쉽고 자유롭게 놓아지지 않았고, 이루어지지 않았죠. 매우 철저하게 준비하고, 끊임없이 괴로워하는 처절한 자기와의 싸움을 통해 내 모든 걸 비워 내야만 다음 세계를 향해, 새로운 세계를 향해 떠나갈 수 있어요. 그렇게 비우고, 끊고, 준비하는 일이 얼마나 힘겨운 과정이었는지 몰라요. 하지만 그것은 결코 '잃어버리는 것'이 아니기에 결국은 이겨 낼 수 있었죠. 나의 과거, 나의 명성, 돈, 사람 그리고 시간이 모두 나의 피와 살이 되어 내 영혼의 일부로 내 안에 존재하고 있었어요. 그 모든 것을 정말이지 완벽하게 '놓는' 것이었지만, 그렇다고 해서 그것을 '잃어버리는 것'은 아니라는 사실을 우리는 알아야 해요. 그것은 그저 새로운 세계로 나아가기 위해서 정리하는 과정이고, 준비하는 과정일 뿐이에요. 쉽지 않고, 괴로운 과정이지만, 진화하기 위해서는 반드시 필요하죠."

"내 경우는 새로운 삶으로 나아가기 위해 어느 한 기간을 몰아서 준비하고 투자하기보다는, 내 삶의 방향 자체가 새로이 진화해 나가는 쪽으로 자연스럽게 이어졌어요."

옆에서 홍신자 선생님의 말을 듣고 있던 사세 선생님이 말했다.

"앞서 이야기했듯이, 나는 1966년에 처음 한국에 왔고, 1970년까지 살았죠. 그 당시 서울은 450만 명이 사는 '잠자는 숲속의 공주' 같은 도시였어요. 한국에서 보내는 4년 동안 이 낯선 문화를 마주했고, 이해하려 노력했죠. 나는 외부 영향에 의해, 나치 사고가 지배하던 나라에서 민주주의 국가로 이행하는 극적인 변화의 시기에 독일에서 성장했잖아요. 괴테, 실러, 베토벤, 파울 클레의 문화와 히틀러, 게르만족의 우월성 신화, 홀로코스트의 잔학상을 가진 문화 간의 역사적 갈등을 이해하기 어려웠어요. 독일 역사와 문화를 이해하는 데 큰 깨달음을 주는 아르키메데스적 준거도 찾지 못했고요. 우리 부모 세대와 이야기를 해도 이 수수께끼를 푸는 데 큰 도움이 되지 않았죠."

그런 그가 한국에서 무엇을 마주하고, 어떠한 해답을 찾았을까?

"운명은 나에게 호의적이었어요. 우연히 한국에 와서 전혀 다른 문화와 마주하게 되었죠. 기존에 내가 속해 있던 세계와는 다른 사고, 생활 방식에 매료됐어요. 서울에 있는 동안 한글과 한자를 배우기 시작했고, 여러 대학교 공공 도서관에서 한국 문화 관련 자료를 찾아 닥치는 대로 읽었어요. 내 아이들이 학교에 갈 나이가 되어 독일로 돌아갔을 때에는, 내가 한국 문화와 관련된 공부를 계속하는 게 자연스럽게 느껴졌죠. 그때까지만 해도 서독에는 한국학과가 없어서 보훔대학교 동아시아과에 진학했는데, 그곳에서 일본학을 전공하면서 중국 문학을 부전공으로 공부했어요. 둘 다 독일에서는 300년 이상의 긴 역사를 가진 학문 분야였죠. 그곳 교수들이 융통성을 발휘해 한국, 일본, 중국 문화 사이의 차이점을 놓고 토론하는 것을 허용해 주었어요. 실제로 교수들의 격려로 한국 문화에 초점을 맞출 수 있었고, 그래서 대학원을 졸업할 때 서독 최초로 한국학 박사 학위를 받았죠. 그렇게 졸업한 후에는 보훔대학교 부교수가 되었고,

추후에 신설된 한국어 한국문학과의 첫 번째 정교수가 되었어요. 이후 함부르크로 가서 그곳 대학에 한국학을 정립했고, 은퇴 후 한국으로 완전히 떠났죠."

사세 선생님이 여정을 따라가 보면, 독일에서 교수직을 은퇴하고 한국으로 이주한 것은 매우 자연스럽고도 논리적인 수순으로 다가왔다. 독일에서 사는 동안 그의 마음은 항상 한국 문화, 그것에 대해 가르치는 방법, 새로운 측면을 이해하는 방법에 집중되어 있었다. 그리고 매년 한국에 와서 연구를 위한 책을 사고 동료와 친구들을 만났다. 그 공부와 연구를 계속하고 싶었기에 영구적으로 한국에서 사는 것은 그에게 그저 강물이 흐르고 나뭇잎이 떨어지는 것과 같은 순리를 따르는 일일 뿐이었다. 그에게 '준비'란 그의 삶 그 자체였으며, 그는 자신에게 일어나는 모든 변화와 진화의 과정을 아무 저항 없이 받아들이고 앞으로 나아갔다.

홍신자 선생님도 말을 이어 갔다.

"우리가 새로운 삶에서 얻게 될 것은 사실상 나중에 일이기에, 당장 일어나는 '잃어버리는 것'만 바라보게 되기도 해요. 하지만 현재의 인내 뒤에 맺힐 달콤한 열매를 떠올리면 이 모든 과정을 좀 더 쉽게 이행해 나갈 수 있어요. 모두 다 가지려고 들수록 오히려 더 많은 것을 잃어버리게 될 수도 있으니까요."

"하지만 그 과정에서 난관에 부딪치고 시련을 겪으면 깊은

절망과 우울감이 생기기도 하잖아요. 새로운 세계로 나아가며 자신의 삶을 망치거나, 패배하게 될 거라는 두려움과 마주한 적은 없으세요?"

내가 묻자, 두 분 선생님은 일말의 주저함 없이 대답했다.

"넘어야 할 산은 그때그때 산 위에서 부딪치고 해결해 나가야죠. 아직 시작도 해 보기 전에 '아 저 산은 너무 높아, 너무 가팔라, 나는 저기서 분명 다칠 거야, 쓰러질 거야.'라고 걱정하고 두려워할 필요가 뭐가 있나요? 인생에는 완전한 실패도, 완전한 성공도 없어요. 뭔가 계획한 대로 되지 않고 잘못되어 실패한다고 한들, '아 이건 안 되는 일이었구나, 내가 무언가 잘못했구나.' 라는 것을 배우고 깨닫게 될 뿐이에요. 또 내가 원하는 일을 모두 이루고 성공한다고 해도, 그건 진짜 성공이 아니에요. 사실은 크게 의미 있는 일도 아니고요. 어느 것도 완벽하지 않아요. 그때그때, 때에 맞게 일어나는 모든 상황이 다 하나의 경험일 뿐이에요. 그러니 해 보기도 전에 걱정을 하면서 시간을 낭비할 필요는 없지요."

악한 존재가 아닌
약한 존재

"선생님. 4시 10분이에요."

새벽에 마트리만디르 광장에서 '마더스 벌스데이'를 기념하는 조촐한 행사가 있는 날이라 평소보다 삼십 분 정도 일찍 일어나 홍신자 선생님에게 전화를 걸었다.

"전화해 줘서 고마워요. 우리도 이제 막 일어났어요. 밖이 아직 어두우니 조심해서 오세요."

이제 막 깨어났다고 하는데도 불구하고 무척 성성한 홍신자 선생님의 목소리가 수화기 너머에서 들려왔다. 나는 전화를 끊은 뒤 서둘러 세수와 양치를 하고 옷을 갈아입었다. 선생님들이 묵고 있는 숙소로 가서 함께 마트리만디르로 가기 위해 길을 나섰다. 한데 밖으로 나오니 사위가 온통 칠흑같은 어둠으로 뒤덮여 있었다. 가방에서 랜턴을 꺼내 전원을 켜고 손에 꼭 쥐었다.

선생님들의 숙소까지는 걸어서 오 분밖에 걸리지 않는 가까운 거리였지만, 가로등 하나 없는 컴컴한 숲길을 걷기가 쉽지 않았다. 랜턴 불빛은 걸음이 닿는 자리만 비추고 있고, 주변은 온통 암흑이었다. 앞이 제대로 보이지 않을 정도로 어둡다 보니 이 길이 마치 천리길이라도 되는 양 까마득하게 다가왔다. 왜 이렇게 두려울까? 어디선가 개나 고양이가 튀어나와 나에게 달려들지는 않을까? 그 개와 고양이가 점점 커져 늑대가 되고 호랑이가 되어 나를 덮칠 것 같은 환각이 밀려들었다. 이곳은 내가 매일 지나다니던 길인데, 달라진 점은 오직 빛이 있다가 없어진 것뿐인데, 그에 따라 내 마음 상태가 달라지는 게 놀라울 지경이었다. 나는 호흡을 가다듬으며 떨리는 발걸음을 하나씩 하나씩 옮겨 나갔다. 눈물이 쏙 빠져나올 만큼 무섭고 두려운 이 감정…… . 이것은 과연 어디로부터 오고 있을까. 어딘가 멀리서 정체 모를 동물의 울음소리가 귓가에 날아들었다. 나는 무서웠다.

이내 진짜로 헉헉 거리는 동물의 신음소리가 들려왔다. 제발, 제발 나에게 오지 마. 나는 속으로 간절히 바랐다. 하지만 나의 바람은 곧 무너져 내렸다. 오른쪽 허벅지 바깥쪽으로 슥 밀려드는 나쁜 감촉. 나는 덜덜 떨며 그 자리에서 그만 걸음을 멈춰 서고 말았다.

그것은 개였다. 나는 고개를 돌려 개를 바라보았다. 개는 검은색 털에 커다란 몸체를 가지고 있었다. 혓바닥을 길게 늘어뜨린 채 헉헉 하는 숨소리를 내뱉으며 나에게 바짝 다가와 있었다. 처음 보는 개였다. 햇빛이 내리쬐던 낮 시간에도 나는 이 길을 지날 때마다 개를 보았다. 길이 꺾어지는 지점에 있는 공터에 목줄도 없는 개 서너 마리가 돌아다니고 있었다. 한데 이 검은 개는 처음 보았다. 낮에는 한 번도 보지 못했던 이 개가 대체 어디서 나타났을까? 제발, 제발 나에게서 비껴가 줘. 나는 너무나 무섭단 말이야. 나는 속으로 계속 외치고 있었다. 그런데 나는, 대체 무엇이 두려운 것일까? 앞이 보이지 않는 어둠? 아니면 어둠보다 더 커다란 개? 나는 알 수 없었다. 캄캄한 어둠 속에서, 어둠보다 더 시커먼 개와 마주친 나는 결국 오도 가도 못한 채 그 자리에 붙박여 서 있었다. 움직일 수도 없고 소리칠 수도 없었다. 그랬다가는 개가 흥분해 나를 공격할까 봐 두려웠다. 나는 그런 개를 똑바로 쳐다볼 수조차 없었다.

그러나 바라보아야 했다. 나를 해치려는 존재의 정체가 무엇인지에 대해 올바로 알아야 했다. 그래야 지금의 이 위험에서 벗어날 수 있다. 나는 힘겹게 고개를 돌려 개를 내려다보았다. 그러자 개도 고개를 들어 나를 올려다보았다. 나를 바라보는 개의 눈이 무척 크고 깊었다. 그것은 나를 해하려는 눈이 아니었다.

문득, 이 검은 개가 지나왔을 시간이 영상처럼 펼쳐졌다. 어둠 속에서 개는 오래도록 혼자 있었고, 누군가를 애타게 기다리고 있었다. 그리고 내가 나타났다. 오랜 기다림에 목이 말랐던 개는 나를 간절한 눈빛으로 바라보며 애정을 갈구했다. 쓰다듬어 달라고, 안아 달라고, 함께 있어 달라고 이야기하고 있었다.

국내 최초로 전위적인 실험 예술과 구도 무용을 무대에 올린 홍신자 선생님에 대해서, 대중들의 많은 비난이 들끓던 때가 있었다. 나 또한 마찬가지였다. 나는 내가 쓴 소설과 소설의 기사에 가해지는 좋지 않은 말들에 늘 신경이 곤두서 있었다. 이십 대 작가가 쓴 이십 대의 성애 묘사에 대한 논란이 늘 따라다녔고, 그에 따른 불편한 시선까지도 한몸에 받아야 했다. 좋지 않은 리뷰와 악성 댓글 또한 상처로 남았다. 한데 나와는 비교도 할 수 없을 만큼 많은 이들과 여론의 뭇매를 젊은 날 맞아야 했던 홍신자 선생님은 어떻게 그렇게 늘 태연할 수 있었을까. 언젠가 이런 내 궁금증과 고민에 대한 그의 이야기가 퍼뜩 떠올랐다.

"나도 처음에는 아무런 이유도 없이 욕하는 사람들에게 분노가 일곤 했어요. 한데 어느 날 내 공연에 대한 혹평의 기사를 쓴 사람을 우연히 만날 일이 있었죠. 도무지 기사라고는 볼 수 없을 정도로 악의적인 내용으로 채워진 글이었어요. 그래서 내심 그 기자가 아주 편협한 사람일 거라고 생각했는데, 막상 만나 보니 매우 여리고 유순한 사람이었어요. 자연스럽게 서로 많은 이야기를 나누었는데, 알고 보니 그 사람은 무척 외롭고 아픈 사람이었어요. 자기 안에 커다란 상처와 피해의식이 공연한 대상에게 부정적인 말을 쏟아 내는 쪽으로 연결된 것이었죠. 그것을 알고 오히려 그 사람을 위로해 주었어요. 그때 깨달았어요. 나에게 욕을 하는 대부분의 사람들은 내가 맞서 싸워야 할 대상이 아니라, 오히려 내가 더 감싸 주고 위로해 주어야 할 미약한 존재라는 사실을요."

나는 지금 내 눈앞에 있는 검은 개가, 바로 그러한 존재라는 사실을 알아차렸다. 개는 나를 해하려는 적이 아니고, 내가 생각

나를 공격하는 사람들

하는 것처럼 강하고 무서운 존재도 아니었다. 개는 그저 나에게 애정을 받고 싶어 하는 여리고 순한 존재였다. 나는 손을 들어 개의 머리 위에 얹었다. 그리고 목덜미와 등허리를 천천히 쓸어 내렸다. 새벽이슬에 젖은 개의 몸체는 굉장히 축축하면서도 따뜻했다. 그만 가 볼게. 너도 더 이상 두려워하거나 외로워하지 말고 너의 길을 가렴. 나는 검은 개에게 마음으로 말했다. 그러고 다시 뒤돌아 앞으로 걸어 나가자 개는 더 이상 나를 따라오지 않았다. 랜턴의 불빛이 이렇게 밝았던가. 나는 어느새 선생님들의 숙소 앞에 도착해 있었다. 그 앞으로 우리를 기다리는 택시가 헤드라이트 불빛을 환히 켜 놓은 채였다.

세계를 바라보는
긍정적인 시선

　오늘은 선생님들과 함께 치담바람Chidambaram에 위치한 나타라자[11] 사원에 가 보기로 했다. 오로빌에서 치담바람까지는 차로 두 시간 정도 걸리는 거리여서 전날 택시를 미리 예약해 두었다. 선생님들의 숙소 앞으로 도착한 택시를 타고 달리자 어느덧 오로빌 중앙 도로를 벗어나 대로변에 접어들었다.

　푸르른 밀밭과 접해 있는 도로를 지날 즈음, 차창 밖으로 펼쳐진 드넓은 광경에 우리는 누가 먼저랄 것도 없이 차창을 내렸다. 맑고 시원한 바람이 불어왔다. 그 바람에 한낮의 뜨거운 열기가 한풀 꺾이는 듯했다. 택시 기사가 사세 선생님을 향해 당신들은 어느 나라에서 왔느냐고 물었다. 선생님이 한국이라고 대답하자 당신도 그곳에 이렇게 큰 밭을 가지고 있지 않느냐고 물었다. 그 말에 사세 선생님은 허허 웃으며 그렇지 않다고 대답했다.

우리는 종종 담소를 나누고, 집에서 담아 온 물도 나누어 마시며 한참을 달려갔다. 그대로 한 시간 여를 더 쉬지 않고 가자 비로소 나타라자 사원이 있는 치담바람이 나왔다.

치담바람 시내 안으로 접어들어 택시에서 내리고 나타라자 사원 앞으로 걸어갔다. 사원 입구에는 철창으로 만들어진 커다란 문이 있었다. 한데 승려 한 명이 걸어 나오더니 보란 듯이 그 문을 닫고 걸쇠를 걸었다. 우리가 사원을 보기 위해 왔다고 스님께 말하자 지금은 방문이 허용되지 않는 시간이라는 대답만 돌아왔다. 치담바람의 나타라자 사원을 소개해 놓은 가이드북에는 쓰여 있지 않은 내용이었다. 하지만 달리 어쩔 수 없는 일이었다. 사원 안으로는 들어갈 수 없음을 알고도 우리는 한참 동안이나 철창 너머의 사원만을 들여다보았다. 오로빌에서 택시를 타고 두 시간 동안이나 달려서 왔는데……. 이곳에 오기 위해 많은 일정을 조정한 뒤 겨우 시간을 냈는데, 사원 안에 한 발자국도 디뎌 보지 못하고 돌아가야 한다니. 허무함과 허망함에 우리는 한동안 오도 가도 못하고 사원 입구만 서성였다.

하나 이미 다 지나간 일이라 더 이상 시간을 돌이킬 수도, 허망해할 수도 없는 노릇이었다. 그리하여 우리는 오로빌과는 사뭇 다른 분위기의 치담바람 거리를 둘러보며 천천히 걷기 시작했다. 사원 근처의 잡화점에 들어가 춤추는 시바의 동상을 구경하고, 인도식 의상도 입어 보며 시간을 보냈다. 허망한 마음에 나는 공연히 옷이며 귀고리, 지갑 등의 물건을 집었다 놓았다 하기를 반복했다. 홍신자 선생님께서는 여기까지 왔는데 쇼핑이라도 하고 가는 게 좋겠다며 필요한 게 있으면 사 가자고 말했다. 나는 애초에 쓸데없이 집었던 물건은 내려놓고 꼭 필요한 옷가지와 친구들에게 전해 줄 선물을 구입한 뒤 상점에서 나왔다.

셋이 함께 걸어 다니다가 점차 각자 돌아다니게 되었다. 사세 선생님은 오로빌과는 또 다른 치담바람의 풍경을 관찰하기 위해 돌아다니는 탐험가와도 같은 자세로 거리 곳곳을 살펴 나갔다. 어느 것 하나를 보아도 허투루 보지 않고 진지하게 오래 들여다보며 재미를 찾는 그의 모습에 자꾸만 시선이 갔다.

홍신자 선생님은 휴대전화의 배터리를 충전할 수 있는 상점을 찾아다녔다. 그리고 나는 화장실을 찾아 나섰다. 우리는 그렇게 각기 흩어져 돌아다니다가 택시가 서 있는 커다란 나무 밑에서 다시 만나기로 했다.

거리 중앙에 'TOILET'이라고 쓴 간판이 붙어 있는 건물이 보여 나는 그곳으로 향했다. 입구에는 백발의 노인이 한 명 앉아 있었다. 내가 화장실 안으로 들어가려고 하자 돈을 내라며 5루피를 요구했다. 돈을 주고 들어갈 정도의 화장실이라면 제법 청결하게 관리하는 곳인가 보다, 하고 나는 지갑을 꺼냈다. 한데 잔돈이 없어 10루피 짜리를 건네자 노인은 잔돈이 없다며 거스름돈을 주지 않았다. 나는 소변이 급해 거스름돈 받기를 포기하고 화장실 안으로 뛰어 들어갔다가 그만 기겁하고 말았다. 화장실 바닥이 온통 구정물로 흥건해 어디에도 발을 디딜 수 없었기 때문이었다. 신발과 바지 밑단에 물이 닿지 않도록 까치발을 하고서 최대한 조심스럽게 걸었으나 변기가 있는 칸으로 들어가 바지를 내릴 적에는 결국 밑단이 바닥에 닿아 젖고 말았다. 변기통도 더럽기 짝이 없어 온갖 오물과 구정물로 범벅이었다. 나는 찝찝한 기분으로 서둘러 소변을 보고 다시 밖으로 빠져나왔다.

화장실에서 나와 길을 걸으며 나 또한 이곳저곳 둘러보았다. 거리엔 포크레인이 돌아다니며 무너뜨리는 건물이 꽹장히 많았다. 수많은 오토바이가 거리를 휘젓고 다니는 것은 오로빌도 마찬가지긴 하나 그곳엔 숲과 길이 따로따로 나 있어 매연이나 먼지가 그리 심하게 느껴지지 않았다. 한데 이곳은 온통 콘크리트 건물에 그마저도 여기저기 공사가 한창이라 시멘트 가루와 흙먼지가 대기 중에 둥둥 떠다녔다. 길거리를 지나는 소가 쏟아놓은 배변도 콘크리트 바닥 위에 아무렇게나 방치되어 있었다. 그런 길바닥 위에 드러누워 잠을 자거나 엎드려 기어다니며 돈을 구걸하는 사람들의 모습도 눈에 띄었다. 폰디체리 시내만 해도 이렇게 지저분하지 않아서 길바닥에 앉거나 누워서 생활해도 상관없겠다는 생각이 들곤 했다. 하지만 이곳은 거리가 너무 시끄럽고 지저분하기까지 해서 '저렇게 살아도 되는 걸까?'라는 걱정과 혐오가 일었다.

골목을 서너 개 정도 돌아 나가다 보니 길가에 서 계신 사세 선생님이 보였다. 선생님은 포크레인이 건물을 부수고 있는 현장을 가만히 들여다보고 있었다. 가까이 다가가 기척을 내니 선생님이 나를 돌아보며 화장실은 잘 다녀왔느냐고 물었다. 나는 전혀 그렇지 않았다고, 돈까지 내고 들어갔는데 무척 더러운 데다가 거스름돈도 받지 못했다고 대답했다. 내 말에 사세 선생님은 그랬느냐며 허허 웃어 보였다.

"영성 공동체라는 목적을 가지고 지어진 도시인 오로빌은, 그 주변의 도시에까지 많은 영향을 준 것 같아요."

사세 선생님이 말했다. 한눈에 보기에도 인도의 도시들과 오로빌의 차이는 확연해 보였다. 오로빌 근처 도시인 폰디체리 시내 또한 이미 스리 오로빈도와 마더의 영향을 많이 받아 영적인 기운이 스며들어 있었다. 하지만 대개의 도시들은 사정이 전혀 그렇지 않은 현실을 선생님은 이야기하고 있었다. '실망하셨나요?'라고 묻기도 전에, 선생님이 내 질문을 듣기라도 한 양 다시 말했다.

"오늘 이곳에 오지 않았더라면, 이곳에 와서도 나타라자 사원만 보고 갔더라면, 진짜 인도의 거리 그리고 진짜 인도 사람들의 모습은 보지 못하고 지나쳤겠죠. 그리고 한국에 돌아가면 '아 인도는 정말 아름다운 곳이야. 영성이 가득한 곳이야. 살기 좋은 곳이야.'라고 떠들어 대고 다녔을 거예요. 하지만 이곳에 와서 진짜 인도의 거리를 보고, 진짜 인도의 사람들을 보고……. 새로운 것을 보고 듣고 경험하는 이 모든 과정이 다 정말 재미있네요. 물론 치담바람에 도착해 나타라자 사원에 들어갔더라면 또 다른 것을 볼 수도 있었겠죠. 난 그냥 그것도 좋고 이것도 좋아요."

그렇게 말하는 사세 선생님의 모습은 지금 이 순간 진정으로 행복해 보였다. 그 곁으로는 어느덧 홍신자 선생님이 다가와 있었다. 사세 선생님은 그런 홍신자 선생님을 향해 "그렇지 않아요?"라고 물었다 홍신자 선생님은 그저 덤덤하게 고개를 끄덕였다.

절대로 화내지 않는 사람들. 뜻하는 대로, 원하는 대로 일이 진행되지 않아서 화가 끓어오르거나, 화를 억지로 참는 게 아니라, 진짜로 화가 나지 않은 모습이었다. 무턱대고 화만 내면서 상황과 타인을 탓하느라 아무것도 보지 못하는 게 아니라, 주어진 상황 속에 순응함으로써 얻어지는 더 많은 세계를 바라보는 사람들이었다. 바로 이것이 선생님들이 이야기하던 복종과 자유일까?

사세 선생님의 말씀을 듣고 주변을 둘러보니 문득 내가 속한 세계가 달라지는 듯했다. 내 주변에는 엄청난 세계가 있고, 나는 그 세계를 올바르게 바라볼 수 있었다. 그동안 내 안에 쌓여 있던 타인에 대한 원망과 집착, 분노 등이 그 세계를 보지 못하게 가로막고 있던 것은 아닐까. 비록 인도의 비루한 도시에 불시착한 사람들처럼 떨떠름하게 서 있는 꼴이었지만, 이 안에도 분명히 삶이 있고 사람이 있고 '나'와 '당신'이 있었다.

인도에서 부처가 나올 수 있던 이유

우리는 길을 걸으며 사람들에게 혹시 나타라자 사원 말고 또 다른 사원이 없는지 물어보았다. 여러 명에게 반복해서 물어본 끝에 후미진 골목에 자리한 조그마한 사원을 겨우 찾아갔다. 그곳 또한 시바신을 모시는 사원이었다. 입구에는 시바의 상징인 붉은 삼지창이 우뚝 솟아 있었다.

"와, 역시, 삼지창이 있네요."

나는 그동안 요가를 하면서 공부한 이론적인 내용이 떠올라 시바의 삼지창에 대해서 이야기했다.

"이것은 시바가 늘 지니고 다니는 삼지창인데, 사람의 인체를 상징해요. 인간의 몸은 중앙의 척추를 중심으로 좌, 우가 있

잖아요. 몸의 중앙으로 흐르는 에너지 통로를 산스크리트어로 '수슘나'라고 하고, 왼쪽으로 흐르는 기를 '이다', 오른쪽으로 흐르는 기를 '핑갈라'라고 하거든요. 요가 행법은 이 '이다'와 '핑갈라'라는 에너지를 조절해 중앙의 통로, 즉 수슘나로 보내 주는 거예요. 그것이 우리 몸의 에너지 센터인 차크라를 열어 주어 의식이 깨어나고 생명 에너지가 연장된다고 해요. 이러한 요가의 창시자가 바로 시바라고 하고요."

내가 말하자, 사세 선생님께서도 이야기를 거들었다.

"참 신기하네요. 서구의 신 중에도 이 삼지창을 가지고 다니는 신이 있거든요."

"포세이돈이요?"

"맞아요."

"인도 신화를 읽다 보면, 그리스 신화 그리고 삼국유사와도 유사한 점이 눈에 많이 띄어요. 법화경과 신약성서에도 유사한 이미지의 일화가 참 많고요."

"그러게요. 이야기란 결국 하나로 연결되어 있는 듯해요."

사람과 사람, 세계와 세계, 이야기와 이야기……. 이 모든 것을 관통하고 있는 씨줄과 날줄을 나는 찾아가고 싶었다. 내 안에, 내가 미처 발견하지 못했던 욕망. 어쩌면 나는 아주 오래전부터 이 줄기를 찾아가기 원하고 있었는지 모른다. 그래서 나도 모르게 자꾸만 요가Yoga(연결하다)를 하고 있는 것은 아닐까.

그만 신발을 벗고 사원의 내부로 들어가려고 하자 갑자기 나타난 나이 든 여인들이 우리에게 다가와 구걸을 했다. 한데 그 인상이 사납고 무서워 보여 나도 모르게 몸이 움츠러들었다. 선생님들은 이미 안으로 들어가 버린 터라 나는 혼자서 그 여인들을 외면한 채 걸음을 재촉했다.

사원은 정말 자그마했다. 삼지창이 세워진 복도를 지나면 춤추는 시바의 초상이 있는 공간이 나오고, 그 안으로 법당이 하나 있었다. 너무 조그맣고 어두운 곳이라 특별히 영적이거나 신성한 기운은 느낄 수 없었다. 우리는 그만 사원에서 나와 택시가 있는 곳으로 걸어갔다.

"그만 숙소로 돌아가요."

홍신자 선생님께서 먼저 말했다. 그렇게 택시를 향해 걸어가는 도중에도 우리는 여러 명의 걸인을 마주쳤다. 다리가 없거나 팔이 뒤틀려 바닥을 기어다니며 구걸을 하는 사람도 여럿이었다. 그 모습을 본 홍신자 선생님께서 갑자기 이렇게 말했다.

"이 도시는 문화 수준이 참 높은 편이네요."

그 말에 나는 너무 놀라 "네에?"라고 소리치며 선생님을 돌아보았다. "선생님, 여기가요? 이렇게 정신없고, 지저분하고…… 가난한 동네인, 여기가요?"

내가 놀란 말투로 묻자 그는 여전히 담담한 목소리로 말을 이어갔다.

"그럼요. 북인도에 있는 도시에 한번 가 보세요. 그곳에는 집 있는 사람이 거의 없어요. 다들 길에서 살고 있죠. 이곳을 굉장히 잘사는 동네라고 할 수는 없지만, 중산층 정도는 되는 사람들이 사는 곳이에요."

인도에 다녀온 사람들이 인도는 덥고 지저분한 데다가 온통 사기꾼에 걸인뿐이라고 말하고 다니는 이유를 알 것도 같았다. 한데 집도 없이 거리를 떠도는 사람들의 몸에는 대부분 황금색 액세서리가 주렁주렁 매달려 있었다. 특히나 여인들의 경우 귀는 물론 코와 이마, 입술에까지 피어싱을 해서 금붙이를 잔뜩 달고 다녔다.

가슴이 아팠다. 인도 사람들이 돈을 잘 벌지 못하고, 그래서 이토록이나 가난하게 살아가는 게 가슴 아프기보다는, 그렇게 가난한 모든 이들이 추구하는 것이 돈, 돈, 돈…… 오로지 돈이 많은 부자로 살아가는 일뿐이라는 사실이 나에게는 실망과 절망감을 안겨다 주었다. 나는 먹먹한 가슴을 안고 선생님들과 함께 택시에 올라탔다. 택시 타고 나서도 어김없이 마주하게 되는 가네샤[12]상. 어째서 이 수많은 인도 사람들의 꿈이 그저 부귀영화뿐일까. 물론 모든 사람이 다 그렇지는 않겠지만, 가난한 사람일수록 부에 대한 욕망과 집착이 강해 보였다. 그러나 내  눈에는 그 욕망에 실체가 보이지도 않아 허망한 마음만 한가득 떠올랐다. 내가 말했다.

"인도, 하면 가장 먼저 떠오르는 이미지가 부처잖아요. 붓다가 나고 자라 깨달음을 얻은 나라……. 그래서 저는 인도가 해탈의 경지에 오르기 아주 좋은 환경이고, 인도인들 또한 그러한 붓다의 가르침을 잘 실천해 가고 있을 줄만 알았어요. 그런데…… 왜 이렇게 다들 가짜 금붙이를 붙이고 가네샤와 락쉬미를 숭배하며 끊임없이 돈, 돈, 돈……, 그리고 부자가 되기만을 바라고 있을까요. 장사하는 사람들은 조금도 진실하지 않고, 거리에는 남을 속이는 사기꾼과 물건을 훔치는 도둑이 판을 치고 있어요. 이곳은 대체 왜 이런 것일까요……."

말하는 내내 나는 뜻 모를 허망함과 안타까움에 가슴이 아리고 목이 메었다.

"그렇기 때문에, 붓다가 탄생할 수 있었던 거예요."

홍신자 선생님이 말했다.

"사람들이 이렇게 어리석게 돈에 집착하고, 너무나 무지하니까…… 붓다가 나올 수 있었지요. 왕족이었던 고타마 싯다르타가 왕궁을 떠나 세상에 나와 보니 사람들이라고는 다들 장사꾼에 사기꾼, 도둑, 거지뿐이었죠. 모두가 다 그런 사람들뿐이니까, 싯다르타는 느끼고 깨달은 바가 매우 컸던 거예요. 그래서 자신은 뭔가 깨달아야겠다고 결심하게 됐고요. 만일 인도가 이런 상황이 아니었다고 생각해 보세요. 다들 선비같이 공부하고, 신선같이 명상하며 의식 차원을 높여 가는 사회였다면 부처와 같은 사람이 절대로 나오지 못했어요. 다 잘사는 곳이었다면, 그런 고민을 하기가 힘들었겠죠. 부처의 상징인 연꽃을 보세요. 연꽃은 온실이 아닌 진흙 속에서 피어나요. 그 숭고한 경이로움은……, 그곳이 진흙 밭이었기에, 오직 그 안에서만 피어날 수 있어요."

자신의 상황을 마주하고
꿈을 좇아야 한다

"저는 아무래도 정신세계에 관심이 많다 보니, 요가와 채식, 영성 생활을 하는 데 있어서 한국보다 인도가 더 좋은 환경이지 않은가라는 생각이 많이 들어요."

하지만 사세 선생님의 생각은 나와 달랐다.

"난 꼭 그렇지만도 않다고 생각해요. 물론 나는 요가는 잘 모르는 사람이지만, 그래도 문화와 인류학을 공부했잖아요. 그래서 이론적으로는 조금 알고 있지요. 한번 생각해 보세요. 한국에서도 할머니들이 절에 가서서 삼배를 하는데 그것이 요가 아닌가요? 그리고 산에 오르는 길목을 지나다 보면 사람들이 쌓아 놓은 돌탑을 자주 볼 수 있어요. 그 앞을 지나는 사람들은 돌 하

나를 집어 그 위에 또 얹어요. 나는 이것이 바로 요가라고 생각해요. 기도하는 마음으로 돌 하나를 가만히 쌓아 올리는 거죠. '요가'란 그저 앉아서 명상하고, 아니면 서커스 동작과도 같이 다리를 꼬아서 목 뒤로 집어 넣는 게 아니라, 내 '마음의 태도' 아닐까요? 그런 면에서 본다면 요가는 한국에서도 굉장히 발달해 있어요. 어느 특별한 공간에서 일어나는 특별한 수행 체계가 아니라, 일상생활 속에서 마주하는 마음의 발달과 같으니까요. 평소 나는 등산을 자주 하는 편인데, 사람들은 그것을 '운동'이라고만 보잖아요. 그러나 산에 오르는 행위……. 한 걸음 한 걸음 올라가 그 위에서 세계를 바라볼 수 있잖아요. 그것이 바로 요가이고 명상이라고 생각해요. 마더 또한 아무것도 없는 황무지였던 이곳 오로빌에 나무를 심고 집을 지었죠. 마더도 그것을 요가라고 이야기해요. 일하는 것, 즉 노동도 요가라고요. 그것이 나를 위해, 내 안의 신에게 헌신하는 마음으로 하면 요가지만, 다른 사람의 편의를 위해서, 돈을 벌기 위해서 하면 그저 소모적인 노동일뿐이죠."

"선생님, 제가요, 요가를 해 온지 10년이 넘었는데……, 저보다 선생님께서 요가를 더 잘 아시는 것 같아요. 선생님은 어느 한 가지 틀에 얽매이거나 갇혀 있지 않고 세계를 매우 폭넓게 바라보시는 경향이 있어요. 선생님이 세상을 바라볼 때 가장 먼저 떠오르는 가치나 의미, 혹은 이미지가 있다면 어떤 걸까요?"

사세 선생님은 세상에 대해서라면 무슨 일이든지 다 관심이 있다고 했다. 특별한 구분 없이 좋은 일이든 나쁜 일이든 다 관심을 가지고 바라본다. 요즘 아이들은 오로지 공부만 해서, 막상 대학교에 진학할 때는 무엇을 해야 할지 모르겠다고도 한다. 하지만 그는 그 반대의 이유로 무엇을 해야 할지 몰라 하는 아이였다고 한다. 관심 있는 것 그리고 재미있는 것이 너무나 많았다. 그는 뚜렷한 어느 한 가지만 파고들지 않고, 다 같이 할 수 있는 길을 찾아갔다.

그가 세상을 바라보는 시선 그리고 삶을 살아가는 방식에는 어떤 뚜렷한 계획이 사실 없다고 했다. 미리 한 가지 계획만 세워 두고 그것을 따라가며 살고 싶지 않았다. 그는 아이들 또한 어떠한 계획하에 많이 낳지는 않았다. 다만 워낙 아이를 좋아하다 보니 자연스럽게 많이 낳았을 뿐이다. 아이를 많이 낳아 기르다 보니 또 자연스럽게 교육에 관심이 가기 시작했다. 그래서 교육에 대해 공부하게 됐다. 또한 그의 인생에서는 한국을 빼놓을 수가 없었다. 처음 그가 한국에 오게 된 이유는 기술학교 설립에 도움을 주기 위해서였지만, 점점 한국에 매력을 느껴 한국학을 공부하고 이후 한국에 정착까지 하게 됐다. 그는 인생에 어떤 새로운 일이 일어나면 대체로 그것을 다 따라가는 편이다. 오로빌에도 그렇게 떠나왔다. 그는 한국이 좋고 한국에서 사는 게 좋지만, 홍신자 선생님은 오로빌에 가고 싶어 했다. 그의 인생이 또 한 번 새로운 방향으로, 뜻하지 않은 곳으로 흘렀다. 그가 먼저 원한 일은 아니지만, 갑작스러운 운명 앞에 어떠한 자극을 느꼈다. 인도로 떠나기 전부터 오로빌에 대해 알아보고 공부했는데, 지금 와서 보니 마더와 오로빈도의 철학, 오로빌의 비전에 굉장히 관심이 간다고 했다. 오로빌은 그의 인생에 정말 불현듯 나타났지만, 그래서 더욱 재밌게 다가오는 곳이기도 하다.

"그럼 한국학을 공부하시고, 한국에서 생활하면서 한국의 젊은 친구들에게 해 주고 싶은 말이 혹시 있으셨나요?"

그는 한국의 청년들에게 반드시 본인이 하고 싶은 일을 하고, 가고 싶은 길을 따라가라고 말해 주고 싶어 했다. 하지만 이것은 '고집'이나 '이기심'과는 조금 구별되어야 한다. 자신에게 주어진 상황과 흐름 안에서 적절히 균형을 잡아 자신의 꿈을 키워 가는 게 중요하다. 그는 어릴 때 미술 학교에 가고 싶어 했지만 아버지의 반대로 가지 못했고, 차선책으로 택한 고고학도 아버지의 반대로 공부하지 못했다. 그래서 할 수 없이 아버지의 뜻대로 무역을 공부하고 사업을 시작했지만, 그렇다고 해서 그가 하고 싶은 일을 완전히 못 하게 되지는 않았다. 물론 대학에서 전공으로 택해 공부하지는 못했지만 학교가 아닌 집에서 계속 그림을 그리고, 고고학에 관한 책을 읽으며 혼자서 공부했다. 그래서 좀 더 시간이 지나 삶을 스스로 선택할 수 있는 때가 왔을 때 대학교에 가서 원하는 공부를 할 수 있었다.

"살다 보면, 하고 싶다는 열정만을 따라갈 수 없는 현실의 상황이 분명히 있어요. 이를테면 지금 집안 사정이 안 좋아 일을 하고 돈을 벌어야 하는 상황인데 마음속의 꿈은 화가이니 일을 하지 않고 그림만 그리겠다는 것은 어리석고 이기적인 고집일 뿐이에요. 어려운 상황 때문에 꿈을 완전히 접거나 포기하라는 게 아니라, 그런 상황 속에서도 자기만의 시간을 내어 꿈을 계속 좇아가는 지혜와 힘이 필요하죠. 자신의 꿈과 이상만 바라보느라 현실의 상황과 주변 사람을 바라보지 않으면 어느 것도 제대로 이룰 수 없어요. 노력하는 사람에게는 반드시 대가가 돌아오니 자신의 상황을 올바로 직시하면서 꿈을 좇아가는 노력이 필요합니다."

두려움의 실체를
먼저 파악하라

조리대에 있는 무와 감자를 썰어 물이 끓는 냄비 속에 집어 넣었다. 그리고 미리 불려 놓았던 다시마와 표고버섯을 칼로 썰었다. 그동안에 홍신자 선생님은 밥을 안치고, 마른 김을 찢어 양념장에 버무렸다. 그러다 갑자기 김을 버무리던 손을 멈추고 고개를 돌려 한참 창밖을 내다보았다. 나는 냄비에 물이 끓어 넘치지 않도록 가스불을 줄이고 썰어 놓은 다시마와 표고버섯을 집어넣었다. 그러는 동안에도 선생님은 어딘가 먼 곳을 바라보고 있었다.

"저 소리 들려요? 휘-익, 휘-익, 휘-익, 휘-익……."

선생님의 말씀에 따라 주변의 소리에 귀를 기울여 보았다. 창밖으로 새 소리가 한창이었다.

"아…… 네, 꼭 피리 소리 같기도 하고……."

"그렇죠. 그런데 피리 소리처럼 밝고 경쾌한 느낌은 아니에요."

선생님의 말에 나는 가스불을 끄고 밖에서 울고 있는 새 소리에만 온전히 귀를 기울여 보았다. 선생님의 말마따나 피리 소리와는 전혀 다른, 어딘가 모르게 어둡고 우울한 느낌이 드는 소리였다.

숙소 바깥 정원에서 커피를 마시며 책을 읽고 있던 사세 선생님이 곧 안으로 들어왔다. 우리는 다 같이 상을 차려 아침밥을 먹었다. 식사를 마치고 상을 정리한 뒤 사세 선생님은 마트리만디르로 일하러 가고, 홍신자 선생님과 나는 티타임을 가지기로 했다.

따뜻한 물에 우려낸 보이차를 앞에 두고 우리는 한동안 아무 말 없이 앉아만 있었다. 나는 두 손으로 보이차 잔을 감싸고 온기를 느끼며 찻물을 들여다보았다. 홍신자 선생님께서 먼저 정적을 깨고 말을 꺼냈다.

"저 새 이름은 브레인 휘버Brain-fever Birds라고 해요. 휘-익, 휘-익 하며 네 번씩 울죠. 처음 이곳에 와서 저 새 소리를 들었을 때는 정말 섬뜩했어요."

그러고 보니 휘-익, 휘-익 울고 있는 새의 소리가 아직도 창밖에서 들려오고 있었다.

"이리 오라고, 여기로 오라고……, 나를 부르는 소리 같아서요."

선생님의 말을 들으며 새가 우는 소리를 듣자, 나도 모르게 서늘한 느낌이 들며 등골이 오싹했다.

"진짜 어딘가 모르게 꼭…… 저승으로 이끄는 소리 같아요, 선생님."

"그래요. 언젠가 우리가 가야 하는, 또 다른 미지의 세계가 있음을 알려 주는…… 그런 소리 같지요?"

정말 그랬다. 어딘가 먼 곳, 그러나 아주 멀지도 않은 어딘가로 나를 부르는 느낌. 어둡지도 밝지도 않은, 깊지도 얕지도 않은, 나쁘지도 좋지도 않은……, 그곳의 느낌을 어렴풋이나마 미리 만나는 듯했다.

"네……. 공연히 무섭고……, 기묘한 느낌이 들어요."

나는 그렇게 대답하고는 찻잔을 들고 입속에 찻물을 머금었다. 선생님 또한 차를 조금 들이마시고 살짝 웃어 보였다.

"죽음이 무서운가요?"

그동안 살면서 '죽고 싶다'는 생각을 한 번도 해 본 적이 없지는 않지만, 만약 죽음의 순간이 갑자기 닥쳐

온다면 반갑게 맞이할 수는 없지 않을까? 꼭 '죽음' 그 자체보다는 미래에 대한 두려움이 늘 존재하고 있으니까 말이다. 특히 소설가가 되기 위해 습작을 하던 시절에는 아직 오지 않은 미래에 대한 두려움이 어마어마했다. 처음 소설을 쓰기로 마음먹은 때부터 등단을 하기까지 꼬박 7년의 세월이 걸렸고, 습작 5년 차 즈음 극심한 절망과 우울감에 시달렸다. 그때는 내 안에 죽고 싶은 마음밖에 남아 있질 않았다. 하지만 나에게는 죽음을 강행할 만큼의 힘조차도 없었다. 그때 내가 가장 두려워하던 것은 물리적인 죽음 그 자체가 아니라 내가 처한 '현실'과 '미래'였다. 나는 대학을 졸업하고도 계속 글을 쓰며 지냈는데, 나의 또래들은 대부분 취직을 하거나 결혼을 했다. 그런데 나는 무엇도 제대로 이루어 보지 못하고 평생 이렇게 골방에 처박혀 소설만 쓰다가 죽게 되리라는 불안한 예감이 들었다. 죽음보다도 두려웠던 것은 어쩌면 그 끔찍한 미래가 아니었을까? 이후에 요가를 하면서 그러한 불안과 두려움, 우울증을 조금이나마 극복했고, 그러고 나서야 소설가로 데뷔해 작품 활동을 할 수 있었다. 하지만 그렇다고 해서 내 안에 두려움을 완전히 극복했다고 말할 수는 없었다.

선생님이 말을 이어 갔다.

"미래에 대한 불안이 어느 한 순간에 사라지는 않아요. 세월이 좀 더 흐르고, 자기 공부를 계속하고, 여러 가지 연륜이 쌓이면서 자연히 멀어지죠. 자기 안에 있는 쓸데없는 상상과 망상……. 우리가 느끼는 모든 두려움은 사실 다 생각에서 비롯되는 거예요. 우리가 만일 상상을 하지 않는다면 두려움은 있을 수가 없어요. 우리는 흔히 '내가 나이 들어 병들고 돈 없는 신세가 되면 어떻게 하나.'라는 상상을 혼자서 곧잘 하잖아요? 바로 그때 두려움이 일어나요. 그런 일은 사실 일어나지 않을 확률이 100퍼센트인데, 공연히 혼자 상상하면서 두려움을 만들어 내지요."

죽음도 이와 마찬가지다. 두려움이라는 감정을 제대로 바라보고 끝까지 파헤쳐 보면, 결국엔 다 죽음에 가닿는다. 인간은 항상 죽음을 두려워한다. 비행기를 타고 가다가 사고가 나면 어떻게 하나, 교통사고가 나면 어떻게 하지, 물놀이 갔다가 물에 빠지면 어떡하지, 하는 생각을 알게 모르게 계속하고 있다. 그렇게 대개의 사람들이 가장 두려워하는 실체가 바로 죽음이다. 내 삶이 끝나는 것에 대한 두려움, '나'라는 존재가 사라지는 것에 대한 두려움……. 선생님은 최소한 그 두려움의 실체를 정확히 알아야 한다고 말했다. 하지만 사람들은 두려움을 올바로 바라보려는 시도나 노력을 하지 않는다. 이것은 두려우니까 피해야 한다면서 '두려움'이라는 감정을 외면해 버린다. 선생님은 그것이 정말로 잘못된 태도라고 말했다.

"우리가 진짜로 두려워해야 할 대상은 우리의 몸, 육신의 죽음이 아니라 정신의 죽음이에요. '두려움'이라는 내 안에 감정을 정확히 알아보려는 노력을 전혀 하지 않는 것, 내 안에서 일어나는 모든 변화와 그 실체를 올바로 바라보려는 시도를 하지 않는 것, 그것이 바로 정신이 죽어 있는 상태인데도 말이에요. 이 '정신의 죽어 있음'을 깨닫고, '두려움'이라는 자기 안에 감정을 승화시켜 온전히 받아들인 사람들의 이야기를 들어 보면, 물리적인 의미의 '죽음'은 굉장히 편하고 자연스럽게 다가와요. 더불어 그 '죽음' 속에서 '행복함'까지도 느낄 수 있지요. 의식에 대한 공부를 진정으로 한 사람은 자신의 죽음을 직접 지켜볼 수 있어요. 그런데 의식 수준이 깨어 있지 못한 대부분의 사람들은 생의 마지막 순간까지도 괴로워하고 아파하면서 신음하듯 죽어가죠. 그것이 자신의 마지막 호흡인지도 모르는 채로, 마지막 순간까지도 두려움이라는 감정에 사로잡혀서 죽어 가는 거예요. 그런데 그 모든 과정의 순간순간을 지켜볼 수 있는 의식 수준에 이르면 두려움은 존재할 수가 없어요."

선생님은 모든 것을 그저 하나의 과정으로, 변화의 과정으로 지켜보기를 권하며 그것이 바로 '히어 나우Here Now' 명상법이라고 했다. 오쇼 라즈니쉬가 가장 강조하며 실천하던 삶이 바로 이 '히어 나우'였다. '히어 나우' 상태에서는 두려움이라는 게 있을 수 없다. 두려움은 미래에 관한 것이다. 그런데 우리가 살아가는 삶은 바로 '지금 여기'에 존재하고 있다. 지금 당장의 현실에서는 두려움이 존재하지 않는다. 그러니 우리는 바로 지금 여기의 현실만 보면 된다.

휘-익, 휘-익 하고 울던 새소리가 어느덧 잦아들었다. 대신 또르르르, 구슬이 굴러가는 듯한 소리로 우는 새들의 소리가 지천을 메우고 있었다. 그 사이로, 정원의 대나무 잎들이 바람에 부딪치는 소리…….

"이곳에 있으면, 참 다양한 소리가 들려와요."

한 손으로는 찻잔을 붙잡고, 한 다리는 탁자 위에 올려 쭉 뻗은 채, 선생님은 소리를 들었다. 눈을 감은 채로 자연의 소리를 듣고 있던 그는 소리를 '듣는' 게 아니라, '보는' 듯했다. 나도 따라 잠시 두 눈을 감고 소리를 들어 보았다. 내 안과 밖에서 동시에 울리는 소리. 그러다 곧 내 안에서 바깥으로, 바깥에서 안으로 다시 밀려드는 소리……. 이내 나는 어느 것이 내 안의 소리이고 어느 것이 내 바깥의 소리인지 알 수 없게 되어 버렸다. 소리는 그저 나의 안과 밖을 끊임없이 관통하며 흘러 다녔다. 그 순간 나는, 그 모든 경계에 사실은 아무런 의미가 없음을, 경계 그 자체조차 실재하지 않는 것임을 어렴풋이 느낄 수 있었다.

인간의 존재는
죽어도 살아 있다

지난 오로빌 벌스데이에 마트리만디르 원형극장에서 피워 올린 모닥불을 보면서, 나는 홍신자 선생님의 무용 데뷔작 「제례」를 다시 한번 돌아보았다. 「제례」는 그 자신이 지나온 삶의 한을 모두 태우는 작업과도 같았다. 선생님께서는 "나를 태울수록 내가 더 살아남을 느꼈다."고 말했다.

하지만 그에게 「제례」는 이제 신선함을 느낄 수 없는 것이 되어 있었다. 그것은 장롱에 있던 과거를 모두 다 태워 버린 듯한 느낌. 다시 꺼내어 볼 필요도, 꺼낼 것도 없었다. 그랬다. 그는 항상 새로움을 추구해 왔다. 오늘이 오늘 그 자체로서 새로운 날인 것처럼. 그에게 어제의 '나'와 오늘의 '나'는 명백히 다르다. 그는 그 '다름'을 원하고 있었다. 오로지 지금 이 순간에 대해서만 이야기하고 싶어 했다. 그리고 앞으로의 미래에 대해서라면 그저 꿈꾸는 부분만 있을 뿐이다.

하지만 나는 「제례」 그 자체보다도 그 안에서 모티프로 사용한 '불'에 대한 이미지가 궁금했다. 데뷔작인 「제례」에서부터 불을 사용한 점을 보면, 젊은 날부터 그에게 불에 대한 인식이 남달랐을 테니 말이다.

"불은 우리가 시각적인 외형만 바라보아도 굉장히 정열적이잖아요. 우리의 시선을 잡아끄는 마력이 있어요. 그러한 불을 보면 에너지가 막 끓어올라요. 또한 우리의 마지막에 대해서도 생각해 보게 돼요. 우리는 결국 불과 함께 가잖아요. 지금의 삶이 끝나면 육신을 모두 불로 태우니까요. 화장은 한 인간의 역사, 그가 가지고 왔던 모든 것을 몸과 함께 태우는 것이죠. 그 순간이 참 감동적으로 다가와요. 육신을 태우는 것은 무언가를 끝내는 것이 아니기 때문이에요. 그것은 소멸을 통해 자연의 일부로 다시 태어나는 과정이죠. 그 과정을 통해 우주에 자리한 영혼의 집으로 들어갈 테고요."

선생님은 불이 그렇게 우리의 몸을 태운다는 사실을 굉장히 긍정적으로 인식하고 있었다. 화장은 우리의 일생을 끌고 다녔던 영화와 결코 끊을 수 없던 업을 끝내는 것이다. 그래서 그는 이렇게 사람의 몸을 태우는 과정이 좀 인간적으로, 순리에 맞게 진행되었으면 하는 바람을 가지고 있었다.

한국에서는 화장을 할 때 죽은 사람을 천으로 씌워 묶은 뒤 철문 안으로 밀어 넣고 가스를 채워서 순식간에 태우는데, 그에게는 그것이 너무도 잔인하게 느껴지는 일이었다. 커다란 마당이나 너른 들판, 산이나 강 혹은 동네 회관 같은 곳에 많은 사람들이 모여 죽은 이가 불에 타는 모습을 지켜보는 과정이 있어야 한다. 그래서 자신의 일부도 언젠가는 탈 수 있다는 사실을 눈으로 직접 보고 또 마음으로 받아들이며 알아 가는 과정이 필요하다고 했다. 또한 그렇게 모든 것을 태우고 가는 사람을 향한 경배의 행위도 굉장히 중요했다. 하지만 한국의 장례식장에 가 보면 실제의 고인이 아니라 고인의 사진을 보면서 절을 하고 기도를 한다. 선생님은 그렇게 하는 것보다 죽은 이의 얼굴을 직접 보여 주고 인사하는 게 훨씬 좋다고 생각했다. 인간이라는 존재가 육체의 죽음으로 인해 곧바로 사라지는 게 아니기 때문이다. 몸이 죽는다고 해서 곧바로 의식이 없어지지는 않는다. 그 의식은 불에도 타지 않는다. 죽어도 남아 있는 것이다. 그래서 그는 죽음을 무섭고 두려운 것 그리고 시체를 더럽고 징그러운 것이라며 터부시하지 않으면 좋겠다고 말했다. 아름다운 꽃에 둘러싸여 있는 고인의 주변을 사람들이 빙빙 돌고, 헌화하고, 그리고 고인의 몸을 가만히 보듬어 주는 것…… 그것이 다 하나의 의식이고 절차다.

소설가 레이먼드 카버의 단편 소설 중에 「So Much Water So Close to Home」이라는 작품이 있다. 미국인 중산층 부부가 주인공으로 등장하는데, 남편인 스튜어트가 친구들과 낚시를 하러 갔다가 여자아이의 시체를 발견한다. 하지만 이를 방치해 둔 채 낚시를 즐기다 뒤늦게 경찰에 신고하고 집으로 돌아간다. 그때부터 그의 부인 클레어가 남편을 뜻 모를 시선으로 바라보며 병적인 행동을 보이기 시작한다. 이 소설을 처음 읽었을 때 나는 클레어가 왜 그렇게 남편을 경계하며 이상 행동을 보이는지 이해하기 어려웠다. 마치 죽은 소녀가 여전히 살아 있는 존재인 양 이야기하기 때문이다. 그리고 자신의 남편이 그 여자아이를 죽인 살인자라도 되는 것처럼 말하고 행동한다. 그래서 나도 처음에는 남편의 행동이 당연하다고 생각했다. 남편의 입장에서는 자기가 나섰다고 한들 이미 죽어 버린 여자아이를 살려 낼 수 없는 일이었으니까.

하지만 선생님의 이야기를 들으며 나는 깨달았다. 인간이라는 존재는 단순히 육체가 죽었다고 해서 사라지거나 끝나는 게 아니라는 사실을 카버는 이야기하고 있었다. 그래서 클레어는, 어떻게 자신의 남편이 갓 죽어 물가로 떠내려 온 소녀를 보고도 아무렇지 않게 낚시를 즐기다 돌아올 수 있는지에 대해서 이해할 수 없었다. 이미 죽었다고는 하나, 인간 존재의 그 위대함과 존엄성은 성성히 살아 있는데, 그것을 그렇게 하찮게 대하는 사람들의 태도를 클레어는 받아들일 수 없었다.

죽음이란 또 다른 세계로 진화해 가는 과정일 뿐

"나는 개인적으로, 죽음을 터부시하는 의식이 조금 없어지면 좋겠다는 생각을 해요. 누군가를 만나면 인사하고 싶고, 손잡고 싶고, 마음 나누고 싶은 게 당연하잖아요. 그럴 때마다 전해져 오는 서로 간의 떨림이 있고요. 그것은 어느 한쪽의 육신이 죽었다고 해서 없어지는 게 아니에요. 죽음이란 마지막이 아니라 서서히 사라져 가는, 그렇게 다른 세계로 가는 과정이에요. 인간은 자기의 죽음을 스스로 지켜볼 수가 있어요. 그럼 죽음을 아주 자연스럽게 받아들일 수 있게 돼요. 한데 그것을 받아들이지 못하고 '나는 왜 죽지? 더 살고 싶은데.'라고 회피한다면 인생을 잘못 사는 셈이에요.

자유로움이란, 자신을 온전히 다 비운 상태와 똑같아요. 그렇게 온전히 비우고 났을 때, 자신의 죽음도 자유롭게 지켜볼 수 있고요. 거기에는 자신의 생각이나 판단이 끼어들 틈이 없어요. 사실 우리의 이 마인드만 사라져도 죽음이 결코 슬프게 다가오지 않죠. 죽음을 슬프고 두렵게 받아들이는 이유는 우리가 이때까지 살아오면서 교육받아 온 잘못된 편견 때문이에요. 죽음은 그저 육체가 떠나는 것뿐이라는 사실을 빨리 깨달아야 해요. 내 영혼이 떠나는 게 아니라, 내 몸이 떠나는 거예요. 그러니 몸이 제 명을 다해 죽어 버려도, 영혼은 여전히 남아 있게 돼요. 그래서 몸이 떠난 이후에도 이 세계를 바라볼 수 있는 거예요. 몸이 살아 있을 적에 더 깊은 세계로까지 나아갔던 사람일수록 영혼이 더 오래 남아 있게 마련이지요. 흔한 예로, 사십구재라는 것을 보면 사람이 죽어도 그 영혼은 이 세계를 떠나지 않고 여전히 돌고 있잖아요. 그러면 좋은 곳으로 가라고 주문해 주고, 기도해 주죠. 그것은 영혼이 아직 살아 있고, 느낄 수 있으니까 하는 거예요. 라즈니쉬의 장례식 영상을 혹시 보았나요? 정말 대단했어요. 몸은 수많은 꽃에 둘러싸여 있고, 얼굴은 사람들이 볼 수 있게 열어 놓았었죠. 고인을 보기 위해 찾아온 사람들이 인사를 마치면 장례 행렬이 시작되고, 그러면 다들 화장할 곳까지 따라가요. 그 길에는 수많은 사람들이 나와 음악을 틀어 놓고 춤추며 노래했어요. 그렇게 생의 마지막 순간을 다 함께 나누는 게 얼마나 아름다운 일인지……. 이날을 기념하는 행진과 축제가 벌어질 때, 누가 봐도 축복 속에 떠나가고 있다는 사실을 느낄 수 있었어요.

죽음 이후 삶이 내 마음대로 되지는 않겠지만, 개인적으로 나는 이렇게 아름다운 장례식을 치르고 싶어요. 장례식에 나와 가까웠던 사람들이 와서 내가 좋아하던 음악을 틀어 놓고 다 같이 앉아서 이야기 나누길 원해요. 그러고 나서 한 명씩 다가와서 나를 부드럽게 만져 준다면……. 터치 혹은 마사지와 같은 그 감각은…… 영혼이 느끼겠죠. 러빙 터치…… 이렇게 아름다운 장례식을 치른 뒤 몸이 완전히 부패되기 전 강가에서 타오르고 싶어요. 내 영혼이 강에서 자유롭게 노닐 수 있게끔…….

젊은 날에는 보통 아름다운 결혼식을 올리고 싶어 하잖아요. 결혼식만 그렇게 계획하고 준비할 게 아니라, 마지막 가는 길인 장례식을 더 잘 챙겨야 하지 않나 싶어요. 뭐든 끝이 중요하잖아요. 그래서 아름다운 결혼식보다 아름다운 장례식을 더 꿈꾸게 돼요. 비록 죽었지만 누군가 내 팔이나 손을 따듯하게 보듬어 준다면, 이마나 얼굴을 애틋하게 만지고 사랑하는 마음을 담에 키스를 해 준다면, 그렇게 주변의 사랑하는 마음을 담뿍 안

고 떠날 수 있다면 좋겠어요."

　죽음은 결코 두려운 대상이 아니었다. 그런데도 대부분의 사람들이 시체에는 손을 대지 않으려 하고, 장례식장에 다녀오면 몸부터 씻기 바쁘다. 아마도 자기 자신의 죽음을 두려워하며 공포를 느끼기 때문일 터. 하지만 우리에게는 이 세상에 태어날 때와 결혼할 때, 죽을 때, 즉 탄생, 결합, 소멸의 세 가지 순간이 굉장히 중요하다. 죽음은 그저 새로운 세계로 나아가는 과정. '죽었다'가 아니라 '간다'. 얼마나 좋은가.

고양이 명상,
말이 없는 대화하기

　주말을 보내고 난 다음의 월요일 밤 인도에서 보내는 마지막 시간이었다. 다음 날인 화요일 저녁 비행기를 타고 출국할 예정이기에 숙소에 있던 짐을 미리 싸기 시작했다. 그동안 빌려 입은 옷가지는 다시 A에게 돌려 줄 생각이었다. 그럼 A는 나처럼 이곳에 잠시 다녀가는 이에게 또다시 옷을 빌려 주겠지. 그렇게 돌고 돌아서, 셀 수도 없이 많은 사람들과 연결되는 '나'를 머릿속에 그려 보았다.

　다시금 짐을 쌌다. 한국의 친구들에게 전해 줄 기념품으로 구입한 인도의 석상과 차를 한창 포장하고 있는데, 열어 놓은 문 바깥에서 고양이 울음소리가 들렸다. 자리에서 일어나 문 밖으로 나가 보았다. 아니나 다를까 고양이 한 마리가 문 앞에 와 떡하니 앉아 있었다. 주로 게스트하우스 1층 거실 소파에 앉아 있던 고양이였다. 종종 마주칠 때마다 반갑게 인사하고 또 쓰다듬기도 했던 녀석이다. 그런데 이 밤중에 고양이는 왜 내 방까지 찾아왔을까.

나는 동물을 별로 좋아하질 않아 강아지나 고양이를 키워 본 적이 없었다. 이따금씩 친구네 집에 놀러가서 마주치는 강아지나 고양이를 보면 왠지 모르게 무섭게 느껴지기도 해서 가까이 하질 않았다. 한데 이곳 오로빌에서는 모든 동물, 식물, 곤충까지도 굉장히 친숙하게 느껴지곤 했다. 아니, 사실 이곳에서는 동물과 가까워지지 않을 수가 없었다.

사방이 숲인 데다가 무덥기까지 한 이곳에는 벌레가 무척 많았다. 단순히 많은 정도가 아니라 내 생활 곳곳에 침투해 들어오는 수준이었다. 그렇다 보니 처음에는 깜짝깜짝 놀라곤 하던 습관도 금세 사라져 버리고 대부분 그냥 그러려니 하며 더불어 생활하게 됐다. 동물 또한 어찌나 많은지, 거리마다 소와 개, 고양이는 물론 닭과 염소까지 멋대로 돌아다녔다. 그래서 그들을 그저 나와 함께 살아가는 수많은 생명들 중 하나로 받아들이게 되었다. 모든 존재는 서로 연결되어 있고, 그 자체로서 모두 요가Yoga('연결하다'라는 뜻의 산스크리트어 동사 'Yuz-'의 명사 결합 형태)라는 사실을 불현듯 깨달았다.

그것을 깨닫고 보니 게스트하우스의 고양이 또한 전혀 무섭게 느껴지지 않았다. 처음 하루 이틀 정도는 '어 고양이네.' 정도로만 여기며 눈길은 주지 않다가, 나중에는 '참 예쁘게 생겼네.'라는 생각이 들며 자주 쳐다보게 되었다.

그러던 어느 날 새벽 1층 공동주방에서 차를 한 잔 우린 뒤 거실 소파에 앉아 마시던 때였다. 그때 내 옆에 있던 고양이를 나도 모르게 꼬옥 끌어안았다. 그리고 손으로 고양이의 몸을 가만히 쓰다듬었다. 그 순간, 내 안에서 일어나던 강렬한 교감……

오로빌에 도착해 모든 게 다 좋지만은 않았다. 특히나 능숙치 않은 영어 실력은 사람들과 간단한 의사소통만 가능할 뿐 깊은 대화를 주고받을 정도는 못 되어 나는 두 분 선생님들을 제외하고는 어느 누구와도 제대로 이야기 나누지 못했다. 하고 싶은 말을 못 하고 안에 담아 두는 일은 생각보다 외롭고, 아팠다.

그때 내 곁에 다가온 고양이……. 고양이는 아무런 말 하지 않았지만, 그런 내 마음을 이미 다 알고 있는 듯 보였다. 나 또한 아무런 말 하지 않았지만, 고양이는 내 말을 다 들어 주고 있었다. 동물과 나는 분리되어 있는 다른 생명체가 아니라 사실은 나와 같은 생명으로서 존재하고 있다는 사실을 그때 처음 알아차렸다. 표면적 언어는 다르지만 내면적 언어는 같아 충분히 의사소통이 가능하고, 때로는 표면적 언어가 동일한 '인간'보다도 더 깊은 내적 대화가 가능해졌다.

그렇게 고양이와 함께 있으며 나는 이곳에서 느낀 말 못 한 상처가 내심 얼마나 깊었는지에 대해서 알게 되었다. 아무에게도 말하지 못한 이야기라 더 깊게 박힐 수밖에 없던 가시를 고양이와 나누자 그것이 금세 눈 녹듯 사라져 버렸다. 아무런 말 없이 앉아 대화 나누기. 고양이와 나는 온전히 하나가 되었고, 지금 이 순간, 바로 당신과 하나 되는 '나'를 온전히 지켜보았다. 그것은 그 자체로 아주 훌륭한 명상이 되었다. 세상의 모든 살아 있는 존재에 대한 깨달음에 눈물이 흘렀고, 고양이와 나는 그렇게 깊이 교감하며 마음을 나누었다.

그랬던 고양이가, 지금 내 방문 앞에 와 있었다. 오늘 밤이 지나면 내가 떠난다는 사실을 알고 있기라도 한 듯이, 아니 이미 알고 있다는 듯이 조심스럽게 걸어 방으로 들어왔다. 나는 오래 떨어져 있던 연인과 재회라도 한 것처럼 녀석을 끌어안고 한참 동안 그대로 앉아 있었다.

잘 있어. 꼭 다시 올게.

우리는 결코 헤어지는 게 아니야.

조금 멀리 있기야 하겠지만 우리는 늘 연결되어 있어.

나는 고양이의 털을 쓸어내리며 손으로 이야기했다. 그러고 나서 고양이를 다시 방 밖에 내려놓자 녀석은 다시 방문 안으로 머리를 비집고 들어왔다. 그리고 이번에는 아예 내 침대 밑으로 들어가 나오려 들지 않았다. 나는 고양이를 그대로 두고 미처 끝내지 못한 짐 정리를 마저 했다. 그리고 잘 시간이 되어 다시 고양이를 내보내려 했으나 이번에도 녀석은 나가려 들지 않았다. 애써 내보내면 다시 들어오기를 반복했다. 그런 녀석의 몸짓을 바라보며, 오로빌에서의 마지막 밤을 함께 보내기로 했다. 나는 고양이를 품에 안고 침대의 이불 속으로 들어갔다. 그렇게 오로빌에서의 마지막 밤이 느리게 흘렀다.

진정한 내가 되기 위한
준비

화요일 아침이 되어 여느 날과 마찬가지로 피탕가 센터로 가서 요가를 수련했다. 그리고 다시 게스트하우스로 돌아가 미리 싸 두었던 짐을 들고 나왔다. 나오기 직전 고양이에게 인사라도 할까 싶어 거실 곳곳을 돌아다녀 봤지만 녀석이 보이질 않았다. 아쉽긴 하지만 이 또한 녀석의 이별법이 아닐까라는 생각이 들어 가볍게 걸음을 돌렸다.

한국으로 돌아가는 비행기 역시 새벽 0시 출발이라 짐은 모두 선생님들의 숙소에 가져다 두었다. 그리고 선생님들과 함께 점심을 먹고 쉬다가 오후 6시쯤 오로빌 택시를 타고 첸나이 공항으로 향할 예정이었다. 선생님들과 함께 마지막으로 식사할 장소는 두 분과 함께 맨 처음 함께 갔던 '로마스 키친'으로 정했다.

"기분이 어때요?"

먼저 나온 토마토 수프를 먹고 난 뒤 메인 요리가 나오기 전, 사세 선생님이 나에게 물었다.

"돌아가고 싶지 않은 것 아니에요?"

선생님의 물음에 나의 마음 상태를 찬찬히 살펴보았다. 나 또한 정말 돌아가고 싶지 않을 줄 알았는데, 떠나기 싫어서 엉엉 눈물이라도 쏟아 낼 줄만 알았는데, 어쩐 일인지 조금도 아쉽거나 슬프지 않았다.

"아니요……. 사실은 굉장히 기뻐요."

"정말요?"

"네……. 이제 저에게도, '꿈'이라는 게 생겼거든요."

"꿈이라면……, 무슨?"

"이제 정말, 진정한 인간이 되기 위해 준비하는 삶을 살고 싶어요. 선생님들처럼 뭐든 열심히 바라보고, 준비하고, 받아들이면서, 저 또한 '진짜 인간'의 삶을 살아야겠다는 생각뿐이거든요. 그래서 이곳을 떠나가는 게 아니라, 이곳으로 더 깊이 나아간다는 생각도 들고 그래요. 기쁘게 돌아갔다가, 기쁘게 또, 돌아올게요."

어느새 주문한 음식이 모두 나와 식탁은 마살라 커리와 샐러드, 난으로 가득 채워졌다.

"만날 때에 헤어짐을 염려하는 것 같이, 헤어질 때에 다시 만날 것을 예감하며……. 우리 같이 축배 들어요."

홍신자 선생님께서 앞에 놓인 물 잔을 먼저 들어 올렸다. 그에 따라 사세 선생님과 나도 자연히 물 잔을 높이 들었다. 서로의 잔이 공중에서 부딪치며, 짤랑 소리가 났다.

"바이-바이. 다시 만날 때까지."

절망하는 순간에
더 큰 희망이 떠오른다

오로빌 마을에 다녀온 뒤, 나는 한국에서 열린 홍신자 선생님의 공연을 보러 갔다. 공연의 제목은「홍신자 데뷔 40주년: 네개의 벽」이었다. 공연 장소인 예술의 전당 자유소극장 앞에는 이미 많은 사람들이 와서 북적이고 있었다. 중년의 여성분들이 주를 이루고 있는 한편 내 또래 사람들과 외국인도 여럿 눈에 띄었다. 입구에서 우연히 베르너 사세 선생님을 만났다. 서로 인사를 나누며 안부를 묻는 사이 공연 시작 시간이 다 되어 있었다. 이내 공연장의 문이 열려 나는 사람들 뒤에서 차례를 기다려 공연장 안으로 들어갔다.

「네 개의 벽」은 1944년 존 케이지로부터 초연된 이후 1984년,

40년 만에 홍신자 선생님에 의해 댄스 드라마로 공연된 작품이다. 오늘 이곳에서는 대체 어떠한 세계가 어떠한 방식으로 펼쳐질까. 어두운 극장 속으로 들어가 자리를 찾아 앉으니 이곳이 저 바깥 세계와는 다른 영역처럼 느껴졌다. 다른 세계로 들어가는 문, 혹은 다른 세계와의 중간쯤에 위치한 공간이 아닐까 싶었다.

이내 불이 모두 꺼졌다. 캄캄한 어둠 속에 한참 머물러 있자 무대 왼편으로 빛이 쏟아져 내렸다. 그곳에 피아노가 한 대 놓여 있고, 그 앞에 사내가 한 명 앉아 있었다. 그가 손가락으로 피아노의 건반을 두드리자 온몸이 다 신음하듯 덜덜 떨렸다. 그는 단순히 손으로만 피아노를 치지 않고, 온몸을 움직여 피아노를 연주했다.

독특한 피아노 연주가 흐르는 가운데 무대 뒤편에서 서서히 등장하는 홍신자 선생님의 모습……. 그와는 이미 보름이 넘는 시간 동안 인도에서 조우했지만, 춤을 추는 모습을 보기는 처음이었다. 선생님은 어떠한 춤을 어떻게 출까, 사뭇 떨리고 기대되는 마음이 좀체 가라앉질 않았다.

하나 서서히 시작되는 그의 춤사위는 사실 우리가 흔히 생각하는 '춤'과는 거리가 멀어 보였다. 이를테면 불처럼 타오르는 열정적이고 스펙터클한 느낌은 찾아보기 어려웠다. 무대 위에 선 그는 그 공간이 누군가에게 무언가를 보여 주기 위한 특별한 곳이라고 여기지 않았다. 그곳에는 그저 언제나 보아 오던 그 자신이 오롯이 서 있을 뿐이었다. 보이지 않는 문과 문 사이에 가만히 서 있는 모습이나, 뒷짐을 진 채 고개를 살짝 수그리고 어디론가 걸어가는 모습은 인도에서 보았던 그의 모습 그대로였다. 그랬다. 그는 '삶'이라는 무대 위에서 그저 걷고, 헤엄치고, 하늘을 날며 언제나 지금 이 순간에 있는 그대로 '존재'하고 있음을 온몸으로 표현해 냈다. 그렇게 그가 존재하고 있는 지금 이 순간……, 이 모든 삶의 진상을 정면으로 마주하고 있으니 가슴이 뻐근해졌다.

그렇게 진행되어 가는 공연이 막바지에 이르렀을 즈음, 그가 무대 한 편에서 꽃 더미를 집어 왔다. 그리고 무대를 빙빙 돌며 꽃가지를 하나하나 바닥에 내려놓았다. 이내 꽃으로 만들어진 커다란 원형 안으로 천천히 걸어 들어가, 그 안에 등을 대고 누웠다. 하늘에서 꽃비가 내리고……, 그는, 그가 꿈꾸던 모습 그대로, 화려하고 아름다운 모습으로 자신의 죽음을 맞이했다.

열띤 축복의 순간, 삶이라는 울타리 속에 오직 자기 자신으로서 태어나 삶을 살아가고, 세계를 바라보고, 우주로 나아가는 그의 탄생과 삶, 소멸의 순간에 오래 참았던 눈물이 흘러내렸다. 나는 이제 더 이상, 내가 무너지고, 부서지고, 사라지는 순간을 두려워하지 않아도 된다는 믿음이 가슴속에 밀려들었다. 끊임없이 좌절하고 절망하며 무너져 내리고 마는 청춘의 순간을 살아가고 있지만, 그 모든 좌절과 절망 속에서 맞이하는 존재의 소멸, 그 과정 너머에서 다시 태어나 살아가게 되는 새로운 존재가 분명히 있었다. 그것은 좌절과 절망, 소멸을 맞이하기 전보다 훨씬 더 아름다운 형태로, 깊고 단단한 존재로 나에게 떠올랐다. 나는 내 삶에 다가오는 모든 일을 더 이상 두려워하지 않고, 그저 있는 그대로 받아들이며 살아갈 수 있는 존재였다. '옴 나마 쉬바야.' 가슴속 주문을 외웠다. 모든 부서지는 존재, 스러지는 존재에 축복이 있기를……

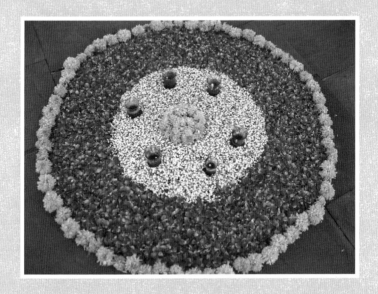

1) **사모사**Samosa : 감자와 야채, 커리 가루 등을 넣어 만든 삼각형 모양의 튀김

2) **파코라**Pakora : 야채를 반죽하여 만든 튀김

3) **마살라 티**Masala tea : 인도 요리에 주로 사용되는 혼합 향신료 마살라를
   첨가한 인도식 차

4) **마트리만디르**Matrimandir : 오로빌 중앙에는 마트리만디르(모성의 전당)가
   있다. 황금의 원반들로 덮여 있는 커다란 구체로 마치 지구로부터 솟아오른
   듯한 형상으로 만들어져 있으며, 이는 새로운 의식의 탄생을 상징한다.

5) **PTDC** : Pour Tous Distribution Centre('푸투스Pour Tous'는 'For All'이라는 뜻의
   프랑스어), 이윤과는 상관없이 모든 사람을 위한다는 취지의 오로빌 협동조합

6) **뉴커머**Newcomer : 오로빌 거주자는 크게 세 가지 유형으로 나누어진다.
   첫 번째는 방문객 형태의 '비지터Visitor', 최대 3개월 정도 오로빌에
   머물며 공동체 생활을 직·간접적으로 체험해 보는 체류객이다. 두 번째는
   '뉴커머' 형태로, 비지터 기간이 지난 뒤 엔트리 비자를 발급받아 1년
   동안 신입 오로빌 주민으로 살아갈 수 있다. 마지막 세 번째 형태는 바로
   '오로빌리언Aurovilian', 뉴커머 기간을 마치게 될 즈음 오로빌 주민의회
   가입을 추천해 줄 엔트리그룹을 만나 오로빌리언이 될 수 있고, 이때부터는
   어엿한 오로빌 주민으로서 주민의회의 일원으로 인정받는다.

7) **만트라**Mantra : 진언, 염불, 찬송 등 마음의 해방을 위한 소리 행법

8) **위빠사나**Vipassanā : 마음에서 일어나는 여러 현상들을 관조함으로써
   통찰력을 깨우치는 수행법

9) **구루**Guru : '무겁다'는 뜻의 산스크리트어 형용사의 뜻이 변형되어
'존경하는 대상'을 가르키는 명사가 되었다. 현재 인도에서는 '스승',
'선생님'을 뜻하는 일반적인 용어로 쓰임

10) **스리 니사르가닷타 마하라지**Sri Nisargadatta Maharaj : 1897년 봄베이에서
태어나 시골 소농의 아들로 소년 시절을 보냈고, 18세 때 봄베이로
올라와 잡화와 담배 등을 파는 가게를 열어 평범한 재가자의 삶을 살았다.
그러던 중 34세 때 그의 스승인 싯다라메쉬와르 마하라지Siddharameshwar
Maharaj를 만나 수행한 끝에 37세에 깨달음을 얻었다. 그 뒤로 점차
사람들에게 알려지기 시작해 자신을 찾아오는 많은 구도자들에게
봄베이(뭄바이)의 뒷골목에 있는 그의 집에서 오랫동안 가르침을 베풀다가
1981년 84세의 나이로 입적했다.

11) **나타라자**Nataraja : 나타Nata는 무용수, 라자Raja는 왕. 춤의 신인
시바Siva의 이름으로 흔히 '시바의 춤Dance of Siva'으로 번역된다. 시바는
카일라스산의 히말라야 거처, 혹은 남단의 거처인 치담바람 사원에서
주로 춤을 춘다. 춤의 신 시바의 모습은 인도 조각과 남인도 청동상에
많은 영향을 주어 시바상은 주로 그가 춤을 추는 모습인 '나타라자상'으로
조각되었다.

12) **가네샤**Ganesha : 시바와 파르바티의 아들로 코끼리 머리를 한 힌두의
신이며, 락쉬미 여신과 함께 부를 상징하는 신으로 알려져 있다.

참고 및 인용 도서

『Short Cuts』, Raymond Carver, Vintage, 1993

『내 혀가 입 속에 갇혀 있길 거부한다면』, 김선우 지음, 창비, 2000

『민낯이 예쁜 코리안』, 베르너 사세 지음, 김현경 옮김, 학고재, 2013

『웰컴투 오로빌』, 오로빌 투데이 지음, 이균형 옮김, 시골생활, 2008

『자유를 위한 변명』, 홍신자 지음, 판미동, 2016

『제리』, 김혜나 지음, 민음사, 2010

『푸나의 추억 : 라즈니쉬와의 만남』, 홍신자 지음, 정신세계사, 1993

이 책을 만드는 데 도움을 주신 모든 분들께 감사의 말씀을 전합니다.
저작권을 찾지 못한 일부 자료는 확인되는 대로 정해진 절차에 따라 해결하도록 하겠습니다.

우리가 다른 삶에서
배울 수 있다면

1판 1쇄 찍음 2025년 3월 4일
1판 1쇄 펴냄 2025년 3월 12일

지은이 | 홍신자, 사세, 김혜나
발행인 | 박근섭
책임편집 | 강성봉
펴낸곳 | 판미동

출판등록 | 2009. 10. 8 (제2009-000273호)
주소 | 06027 서울 강남구 도산대로 1길 62 강남출판문화센터 5층
전화 | 영업부 515-2000 편집부 3446-8774 팩시밀리 515-2007
홈페이지 | panmidong.minumsa.com

도서 파본 등의 이유로 반송이 필요할 경우에는 구매처에서 교환하시고
출판사 교환이 필요할 경우에는 아래 주소로 반송 사유를 적어 도서와 함께 보내주세요.
06027 서울 강남구 도산대로 1길 62 강남출판문화센터 6층 민음인 마케팅부

판미동은 민음사 출판 그룹의 브랜드입니다.